De viaje por Europa del Este

Gabriel García Márquez

ガルシア＝マルケス「東欧」を行く

G・ガルシア＝マルケス
木村榮一 訳

Obras de García Márquez | 1957
Shinchosha

ガルシア＝マルケス「東欧」を行く●目次

《鉄のカーテン》とは赤と白のペンキを塗った木の柵である　11
支離滅裂なベルリン　23
財産を没収された人たちが集まって、窮状を語り合う……　35
チェコの女性にとってナイロンの靴下は宝石である　51
プラハの人たちは資本主義国と同じ反応を示す　65
沸騰するポーランドを注視して　79
二千二百四十万平方キロメートルの領土に
コカ・コーラの宣伝がひとつもないソ連　107
モスクワ、世界でもっとも大きい村　121
スターリンは赤の広場の霊廟で
悔悟の念を抱くことなく眠りについている　137
ソビエト連邦人たちは格差にうんざりしはじめている　155

《私はハンガリーを訪れた》 165
訳者解説 177

Obras de García Márquez
1957

Drawing by Silvia Bächli
99.16 : without title, 1999, "LIDSCHLAG How It Looks", Lars Müller Publishers, 2004 through WATARI-UM
Design by Shinchosha Book Design Division

ガルシア＝マルケス「東欧」を行く

（＊　）内の小字は原注、

［　］内の小字は訳者注。

（編集部）

《鉄のカーテン》とは赤と白のペンキを塗った木の柵である

鉄のカーテンとは、カーテンでもなければ、鉄製でもなく、理髪店の看板じみて赤と白のペンキを塗っただけの木製の柵である。その内側に三カ月滞在したおかげで、鉄のカーテンが本当に鉄でできていると考えるのはばかげていることに気づいた。しかし十二年にわたって執拗に宣伝が行われてきた結果、鉄製だという確信は哲学体系全体よりも強固なものになっている。二十四時間ジャーナリスティックな文章に接しているうち、人は完全に常識を失い、比喩的な表現を文字通りに受け取るようになるのだ。

われわれ三人は冒険旅行に出かけた。ひとりはインドシナ出身のフランス人女性ジャクリーヌ、パリのある雑誌のグラフィックデザイナーをしている。もうひとりは放浪のイタリア人フランコ。彼はミラノの雑誌の非常勤通信員で、夜になると所かまわず寝ることができる。そして三人目が私、パスポートに書いてある通りの人間である。すべては六月十八日午前十時、フランクフルトのとあるカフェではじまった。夏のバカンスのためにフランス車を買ったものの、どうしたものか迷っていたフランコが突然、「鉄のカーテンの向こうがどうなっているか見に行かないか」と言い出したのである。春の朝の遅い時刻で、旅行にはもってこいの気候だった。

フランクフルト警察は、車で東ドイツに入国するのにどのような手続きが必要なのかまったく知らなかった。東西ドイツは外交面でも通商面でもなんら関係を持っていない。毎晩、鉄路を通って一便ベルリンへ向かって出発する列車に乗るには正式のパスポートさえあれば事足りる。しかし、フランクフルト発ベルリン——西ベルリンは四方を東ドイツに囲まれた小さな島のような場所である——行きの夜行列車はトンネルのような夜の闇の中を走る。

日中の鉄のカーテンを越えるにはハイウェイを通るしかない。だが国境の官憲は非常に厳格なので、正規のビザをもち、フランスで登録した車がないと、危険この上ないとのことだった。フランクフルトのコロンビア領事は慎重な性格の人物である。「用心なさってくださいよ」とポパヤン〔ボゴタの南西にある、コーヒーの産地として知られる土地〕出身らしい遠回しな言い方をした。「お分かりだと思いますが、何しろ相手はロシア人ですからね」。あるドイツ人は歯に衣着せずにこう言った。鉄のカーテンを越えるつもりなら、カメラ、時計、そのほか金目のものは没収されると考えておいた方がいいと忠告し、さらに、国境からベルリンまでは六百キロあるので、その間どこにも立ち寄らなくていいように予備のガソリンと食料を用意していくことだ、それでもロシア人に機銃掃射される危険があると警告するのだった。

運を天に任せるしかなかった。その夜、フランクフルトの映画館でドイツ語の会話が交わされるドイツ映画を見ながら、この先どうなるのだろうかと不安な思いを抱いていると、フランコがコインを投げて運勢を占った。コインは裏が出た。

「よし」と彼は言った。「国境で頭のおかしい人間の振りをしよう」。

二つのドイツは、ヒトラーが軍用車両を移動させるために建設した素晴らしい高速道路網で碁盤の目のように区切られている。しかし、連合国軍の侵入をやすやすと許したという意味では諸刃の剣だった。それはまた平和な時代にあっては何物にも代えがたい遺産になった。われわれが乗っているような車だと平均時速八十キロで走行できる。しかし、日が暮れる前に鉄のカーテンにたどり着きたかったので百キロで飛ばした。

八時に西側世界最後の村を通過した。そこの住民、とりわけ子供たちは通り過ぎるわれわれに戸惑いつつも心のこもった挨拶をしてくれた。中には生まれてはじめてフランス製の車を目にした者もいた。十分後、その角ばった顎と記章で飾り立てた軍服、さらに独特の英語の発音からして、映画に出てくるナチスの軍人を彷彿させるドイツ人将校が、型通り丁寧にパスポートをチェックしたあと軍隊式の敬礼をし、二つの世界を分断している八百メートルに及ぶ空白の無人地帯を通過することを許可してくれた。そこには拷問施設も、何キロにもわたって延々と続く、電流を通した有名な有刺鉄線も見当たらなかった。夕暮れ時の太陽が、まるで昨日戦闘が終わったばかりのように軍靴と武器によって蹂躙されて荒れ果てた土地の向こうに沈もうとしている。そこが、鉄のカーテンだった。

　国境ではちょうど夕食時になっていた。軍靴や自動小銃と同じく薄汚れて、ぼろぼろの、少し大きすぎる軍服を着た若い警備兵が、税関の職員が食事を終えるまで車を停めて待つように目顔で合図した。

　一時間以上待たされた。すでに夜になっていたが、税関オフィスの明かりは消えたままだった。ハイウェイの向こう側に窓もドアも締め切られたほこりまみれの木造建築があり、それが鉄道の駅舎だった。静まり返った暗闇から暖かい料理の匂いが漂ってきた。

「共産主義者も食事はするんだな」と、私はユーモアのあるところを見せようとして言った。フランコは車のハンドルにもたれてまどろんでいた。

「西側の宣伝と違って」と彼は言った。「食べるものはあるんだ」。

　十時少し前にようやくオフィスの明かりがついた。警備兵が街灯の下へ車を移動させるよう指示し、われわれのパスポートを調べた。一ページずつ丁寧に目を通しているその態度から、読み書きできない人間特有の、困惑しつつもそうと悟られまいとしている様子が見て取れた。それから遮断機を上げて、十メートルほど先に車を停めるよう指示した。西部劇に出てくるダンス・ホールを思わせるトタン屋根の木造の建物が建っていた。先ほどの兵隊と同じような年恰好の、武器を携帯していない警護兵がわれわれを窓口まで案内した。そこには軍服姿の若い兵士が二人いたが、彼らは厳格というよりもむしろ当惑していて、にこりともしなかった。東側世界への重要な入り口が、無能でほとんど読み書きできない若い兵士に守られていることに、私は驚いた。

二人の警備兵が木軸のペンをコルクの栓を抜いたインク壺につけ、われわれのパスポートを書き写していたが、その作業にひどく手間取っていた。ひとりが読み上げ、もうひとりがフランス語、イタリア語、スペイン語の音声を、田舎の小学生のような下手な字で書き取っていた。その指がインクまみれになっていた。全員が汗ばんでいた。彼らは懸命に筆写しているせいで、われわれは彼らの一所懸命の作業を見つめているせいだった。不運な二人のうちの一方がパスポートに書かれている文字を読み上げ、もう一方が私の出生地である《アラカタカ》と書き終えるまでの間、われわれは辛抱強く待ち続けた。

次の窓口では所持金の申告をした。といっても手続きが変わっただけで、書類を受け付けたのは先ほどと同じ二人の兵士だった。最後の三番目の窓口でドイツ語とロシア語で書かれた車についてのこまごまとした項目の並ぶ質問表に印を入れなければならなかった。三十分ほど大袈裟なジェスチャーを交えながら五カ国語で喚き散らし、悪態をついた末に判明したのは、われわれが経済的詭弁にのせられたということだった。東ドイツでは自動車税が二十マルク取られる。西ドイツの銀行に一ドル持っていくと、四西ドイツ・マルク返ってくる。ところが東ドイツの銀行だと、同じ一ドルが二東ドイツ・マルクにしかならない。それなのに、西ドイツ・マルクと東ドイツ・マルクは等価の扱いなのである。われわれを例にとると、自動車税をドルで払った場合十ドル取られることになる。同じ金額を西ドイツ・マルクで払うとすると二十西ドイツ・マルク、つまり五ドルで済む。

無性に腹が立ち、空腹で死にそうになりながらも、これでやっと鉄のカーテンの最後の関門を通過することができたと思っているところへ、税関の所長が現れた。物腰態度が見るからに粗野な感じで、四十センチはある軍靴を履き、薄汚れたドリル織りのズボンにすり切れたウールの上着をつけていた。上着のポケットが妙に膨らんでいたのは、中にいろいろな書類やパン屑が詰め込んであったのだろう。所長はわれわれに向かってドイツ語で話しかけてきて、どうやらついて来いと言っているようだった。現れたばかりの星の明かりにぼんやり照らされた、車が一台も通っていないハイウェイに出ると、線路を渡り駅舎の裏手をぐるっと回って、食事がすんだばかりでまだその匂いが残っている細長い食堂に入った。そこには四人掛けの小さなテーブルの上に、椅子が積み上げてあった。扉のわきの、マルキシズムの本と政治的宣伝パンフレットが展示してあるそばに自動小銃を持った警備兵がいた。フランコと私は所長と並んで歩き、ジャクリーヌは二、三メートルうしろを板張りの床の上にヒールの音を響かせて歩いていた。と、所長は突然足を止め、彼女にわれわれのそばへ来るように荒っぽい仕草で指示した。彼女は言われたとおりにし、われわれ四人は黙りこくったまま迷路のように入り組んだ人気のない廊下を抜けて一番奥のドアの前に来た。

正方形の部屋に通された。金庫のそばにデスクがあり、政治的宣伝パンフレットを積み上げた小さなテーブルを囲んで椅子が四脚並び、洗面用の水差しと、壁にくっつけるようにしてベッドが置いてある上の壁面には雑誌から切り抜いた東ドイツ共産党書記長の写真が飾られていた。所長はパスポートを手にもってデスクの椅子に腰を下ろした。われわれは小テーブルの椅子に座った。私はふと、昼間は仕事らしい仕事は何ひとつないが、夜になると映画館で約束を交わした男女の逢引の場所になる、コロンビアの田舎の村の地方裁判所を思い出した。ジャクリーヌはショックを受けているようだった。

その部屋に何時間いたのか覚えていない。私の記憶にある限りもっとも愚鈍な役人が、先程とまったく同じ型通りの質問をし、フランコや私はそれに一々答えなければならなかった。最初はひどく乱暴だった。われわれは資本主義のスパイではない、ただ東ドイツを見て回りたいだけなのだと懸命になって説明した。ドイツ語でしかものを考えられない彼は、フランス語、イタリア語、スペイン語、さらに表情豊かなジェスチャーでさえ頑なに受け入れまいとしているように思われた。まったく意思疎通のできない対話のせいで怒り狂っていた。自分自身に対して、さらには自分の無力さにひどく腹を立て、あちこちに削除と修正の跡が見えるビザを三度も破り捨てた。

ジャクリーヌの番になって雰囲気が少し和らいだ。その時になって彼女のインドシナ人らしい風貌に目をとめたのだ。彼は、今回の旅行でこの人はきっと《金髪で青い目の恋人》を見つけるだろうとわれわれにジェスチャーで伝えようとした。それから無料ビザを発行したのは、彼女を気に入った証のつもりだったのだろう。オフィスをあとにしたわれわれは疲れ切り、ひどく腹を立てていた。ところが、そのあとまだ三十分引っ張られた。所長がドイツ語と片言の英語にジェスチャーをまじえて《自由の太陽がコロンビアに輝くことでしょう》と伝えようとしたのだが、これを理解するのにそれだけの時間がかかった。

三人の中で一番元気なジャクリーヌが車のハンドルを握り、フランコはその横に座って彼女が眠らないよう目を光らせることにした。間もなく一時になろうとしていた。私は後部座席に横になり、車が一台も走っていない、磨き上げたようにつるつるの高速道路を滑らかに走行している車のタイヤの音を子守歌にぐっすり眠った。目が覚めると、夜が明けはじめていた。われわれとは逆方向に巨大な車両が連なってゆっくり走っていた。光が下向きになるようにヘッドライトにひさしがついていたので、夜が明けたばかりの薄明りの中ではほとんど見分けられなかった。果てしなく続く輸送自動車の列がどういうものなのか見当もつかなかった。

「あれは何だい？」と私は尋ねた。

「さあ、何かしら」と、緊張してハンドルを握っているジャクリーヌが言った。「一晩中こんなふうにずっと切れ目なく走っているのよ」。

四時過ぎに、耕されていない広大な平原に夏のすばらしい夜明けの光が射した時になって、はじめて、あれはロシアの軍用車両だということが分かった。三十分間隔で二十台から三十台の輸送自動車隊が通過し、あとを追うようにして数台のナンバープレートのないロシア製の車が続いた。何台かのトラックには武装していない兵士が乗り込んでいるのが見えたものの、大半のトラックは迷彩色の防水シートで覆われていた。

西ドイツでは最新型のアメリカ車の間をすり抜けるようにして走らなければならないのに、こちらのベルリン方面への高速道路に車はほとんど走っていなかった。ハイデルベルグから数キロの地点にアメリカ軍の司令部があり、近くのハイウェイの両側三キロ以上にわたって自動車の廃棄場があった。ところが東ドイツでハイウェイを走っていると、道を間違えてしまって走り続けてもどこにもたどり着かないのではないかという気持ちに襲われる。寂寥感を多少慰めてくれるものといえば、ガード・レールだけだった。西側の道路を走っていると商品広告が目につくが、こちらではその代わりにタコの体をしたアデナウアー首相［一八七六―一九六七。四九年から六三年まで西ドイツの首相を務めた］が、触手を伸ばしてプロレタリアートを搾取している巨大な風刺画が目に入ってくる。共産主義が敵を攻撃する際に用いる文学的メタファーはどれもこれもけばけばしく稚拙きわまりないものだが、そこには資本主義の残虐非道ぶりを象徴する唯一の人物であり、その絶対的な実行者としてのアデナウアー首相が描かれている。

われわれは東側のプロレタリアートと思いがけない形で出会った。朝の八時に高速道路脇にガソリンスタンドがあるのを見つけた。さらに少し向こうに《ミトローパ》と看板のネオンサインがついたままのレストランが見えた。そのネオンサインが国営レストランの目印になっている。フランコはガソリンを満タンにしてからジェスチャーを交えてマルクで代金を払い、朝食をとるためにもう一度ジェスチャー・ゲームをやってみることにした。

あのレストランに入った時の印象は今も忘れられない。心の準備ができていないのに、思わぬ現実に直面したような気持ちになった。以前、ナポリのとんでもなく狭い路地にうっかり迷い込んだことがある。ちょうど三階の窓から棺をロープで吊るして下ろしているところで、大勢の子供たちや乞食、解体した豚肉を積んだ荷車でひしめき合う下の路地では、服を引きちぎり、髪の毛を掻きむしりながら地面を転げまわって泣き叫ぶ故人の奥さんを大勢の人がなだめようとしていた。レストランに入った時に受けた印象はそれとは異なっていたものの、同じように強烈だった。私はそれまで、朝食をとるという、日常生活の中でももっとも単純な行為をしているだけなのに、あれほど悲しげな顔をした人たちを見た覚えがなかった。ぼろぼろの服を着た百人ほどの男女が何とも言えず悲しそうな顔で、湯気の立ち込める食堂でひそひそしゃべりながら山のようにあるジャガイモや肉、目玉焼きを食べていたのだ。

われわれが入っていくと急に話し声が止んだ。私はふだんから口ひげを生やし赤地に黒のチェック柄の上着を着ているが、自分ではほとんど意識していないので、そのせいではなく、ジャクリーヌがエキゾティックな顔立ちをしているからだと独り決めした。静まり返った中、店にいる人たちがこちらの様子をうかがっている気配が痛いほど感じとれた。半マルクでレコードが聞ける色褪せたジュークボックスのそばに一カ所だけ空いた卓があったので、われわれはそこへ向かった。ジュークボックスのレパートリーにはペレス・プラード［一九一六―八九。マンボ王と呼ばれたキューバのバンド・リーダー］のマンボ、ロス・パンチョス［メキシコのラテン音楽の有名なグループ］のボレロといったなじみ深いものだけでなく、うれしいことにジャズも含まれていた。

パンとチコリ［ハーブの一種で、その根をいぶって乾燥させ、コーヒー豆の代用として用いる］の強い味がするブラック・コーヒーを持ってきた、白い制服をつけたウェイトレスの給料はフランスの平均的な給料よりも低かったし、パリで同じ仕事をしている誰よりもはるかに低かった。その後調べて知ったのだが、東ドイツの給料はヨーロッパのどの国と比べても格段に低い。代金を払おうとしたところ東ドイツ・マルクでは足りなかった。ウェイトレスは西ドイツ・マルクでも構わないと言い、ありふれた紙を取り出し、交換したことを証明しなければならないのでそこに三人のサインが必要だと言った。

フランコは暗い顔で店にいる誰彼の顔を見回した。ある種の感情は再現することも言葉で説明することもできない。彼らはヨーロッパのほかの国でなら昼食といってもおかしくないような朝食をとっているし価格も安い。ところが肉と目玉焼きの並ぶ豪華な朝食を黙々と食べている彼らは、一様に暗く沈んだ表情を浮かべていた。

チコリ味のコーヒーを飲み干したフランコは、ズボンの上からタバコを探したが、ポケットには入っていなかった。彼は立ち上がって近くにいる人たちのところへ行き、タバコを吸いたいのだがと身振りで伝えた。すると驚いたことに誰もがいいところを見せようと手に手にマッチ箱やバラのままの、あるいはまだ封を切っていない箱に入ったタバコを持ってわっと押し寄せてきた。しばらくしてベルリンに向かって再び走り始めた車の後部座席にぐったりしてもたれかかったジャクリーヌがぽつりと次のように言ったのは、あの時の出来事を表現する唯一ぴったりの言葉のように思えた。

「かわいそうな人たちね」

支離滅裂なベルリン

西ベルリンでヨーロッパの名残をとどめているのは、爆弾で尖塔を吹き飛ばされた塔をもつ焼け焦げた大聖堂だけである。北アメリカの人間がコウモリをひどく怖がるのは子供と変わらない。彼らは戦後、倒壊せずに残ったわずかばかりの防壁に支柱を支《か》って町を修復するよりも、商業的な目的に合わせて町全体を清潔な白紙に戻した。すなわち、すべてを消し去ってゼロからはじめようとしたのである。

社会主義の領土に資本主義の巨大建造物を築く戦略を目にしてまず感じたのは空虚感だった。われわれはフランス車で午前中あちこち走り回り町を見つけ出そうとしたが、無駄骨に終わった。まとまりというものがなく、町の体をなしていない。何よりも中心と呼べる空間がないので、やっとどこかにたどり着いたのだという感動を味わうことができない。

再建の進まぬ広大な土地は間に合わせの公園になっている。ニューヨークの市街地をそのまま移設したような通りもあり、ところによって足場が外される一年も前から大きな商業施設が営業をはじめているのは、貪欲な商業主義が技術に先行したのだろう。現代建築——たった一枚のガラスでできているかに思われる高層建築――がピルエット［バレエで、片足を軸に回転する演技。または馬術で、後脚を軸に一回転すること］をしている近くにバラックの集落があり、レンガ職人たちが昼食をとっている。ドリルの音が響き、アスファルトの煮えたぎる臭いが鼻をつき、金属製の構造物の上でクレーンが動き、コカ・コーラの大きな広告がそびえる中、大勢の人たちが木製の足場の上を忙しく走り回って懸命に働いている。その騒々しい外科手術からヨーロッパとはまったく対照的なものが生まれつつある。まぶしいばかりの無菌都市で、そこでは何もかもがあまりにも真新しいために、落ち着いた気持ちになれない。

そこはヨーロッパでもっとも興味深い建築学上の実験室だと言われてきたが、確かに技術的な観点からすると、西ベルリンは都市ではなく実験室であり、アメリカ合衆国がその指揮を執っている。都市再建のためにどれほどのドルが投資され、どういう形で使われたかに関しては資料がないが、結果は一目瞭然である。

あの町を私はひそかに虚構の都市だと思っている。夏になると北アメリカから大挙して押しかけてくる観光客が、社会主義世界をちらっと覗いたあと、西ベルリンでアメリカ合衆国から輸入された品物を買いあさる。西ベルリンの方がアメリカ製品を安く買えるからなのだ。テレビ、バスルーム、電話機つきの、アメリカの最高級ホテルを思わせる現代風の部屋に泊まって一日四西ドイツ・マルク、つまり一ドル払えばいい。果たして採算がとれるのだろうかと不思議に思える。渋滞に巻き込まれた車を見れば、最新型ばかりである。商店の広告、宣伝、レストランのメニュー、すべて英語で書かれている。西ドイツの管轄地には放送局が五つあるが、これまでドイツ語がただの一語も話されたことはない。西ベルリンは鉄のカーテンの内部に作られた小島であり、周囲五百キロ圏内に一切の通商関係を持たず、注目に値する工業地帯も存在せず、西側世界との交易は町の中心にある飛行場で二分ごとに離着陸する飛行機に頼っている。西ベルリンは資本主義の宣伝のため作られた巨大な広告代理店であると考えざるを得ない。その経済力は現実離れしている。つぶさに見ていくと、驚くべき繁栄ぶりをここぞとばかりひけらかすことで、口をあんぐり開けて鍵穴から様子をうかがっている東ドイツを困惑させてやろうとのしたたかな意図が読み取れる。

二つのベルリンを公式に分かっているのはブランデンブルグ門であり、赤地に鎌と槌が描かれた旗がはためいている。五十メートル先に《警告、ここからあなたはソビエトの領土に入ることになる》と、ぎくりとするような標識が立っている。西ベルリンを見て回ったわれわれは、夕方その標識の前まで来た。フランコは本能的に車の速度を落とした。ロシア人の警官が車を止めるよう指示し、いかにも監視に当たっている人間らしい目つきでわれわれの車を調べたあと先へ進むように命じた。まるで信号が青に変わるのを待っているような感じだった。だが、まわりの様子は一変した。すさまじいまでの変わりようだった。われわれはそのままウンター・デン・リンデン［ベルリンのもっとも有名な並木道のひとつ。《菩提樹の下》

を意味する」に入った。菩提樹の植わる大通りで、かつて世界でもっとも美しい街路のひとつとして知られていた。しかし、今では黒く焦げた円柱と化した木の幹が立ち並び、コケと雑草のせいで基礎部分がひび割れ、ポーチだけが残っている建物が目につくにすぎない。再建はまったく行われていない。

東ベルリン内に入ると、西ベルリンとは体制の違い以上のものがあることに気がつく。ブランデンブルグ門を境にして、ものの考え方が一変してしまうのだ。東ベルリンの放置されたままの地区を訪れると、砲撃の跡がまだ生々しく残っている。爆撃でできた隙間の奥で薄汚れた店舗がひっそり営業しており、低品質で趣味の悪い品しか並んでいない。上の階の床が抜けて外壁しか残っていない建物が軒を連ねている街路がいくつもある。人々はそうした建物の下の階の、トイレもなければ水道も通っていない場所でひしめき合うようにして暮らし、ナポリのスラム街さながらに洗濯物を窓から干している。西ベルリンなら、夜になると色とりどりのネオンサインの広告が点灯するのに、東側では赤い星がひとつぽつんと輝いているだけである。町は全体に陰気な感じがするが、ひとついいところがある。国の経済力に見合って、町全体がけばけばしく飾り立てられていないことである。ただし、スターリン大通りは別だ。

スターリン大通りがとんでもなく巨大なのは、西ベルリンの経済力に対する社会主義の反発である。ともかく、その途方もない大きさと趣味の悪さで見る者を圧倒する。すべての様式を未消化のまま用いているのは、モスクワ流の建築学的基準に基づいているのだろう。圧倒的な巨大さを誇るスターリン大通りは、地方の心貧しい大金持ちの邸宅を思わせる。膨大な量の大理石を使って石造りの花、動物、仮面で装飾をほどこした柱頭、強化セメント製のまがいもののギリシア風の彫像が、どこまでも続く拱廊《アーケード》に意味もなく並んでいるにすぎない。

このとんでもない代物を作ろうと思いついた人たちの基準は、実に単純明快である。広々としたウンター・デン・リンデン大通りがヒトラーと結びついているのであれば、社会主義ベルリンは——それ以上にばかでかくて、重苦しく無様な——スターリン大通りを作ればいいと考えたのだ。西ベルリンでは現在、裕福な人たちのために町づくりが進められているが、戦争前彼らが人と待ち合わせをしたのがウンター・デン・リンデンであるなら、一万一千人の労働者が暮らしているスターリン大通りには、いつでも足を向けることのできるレストラン、映画館、ナイトクラブ、劇場が建ち並んでいる。ただ、そのどこへ入っても紫のビロードを張った家具や金の縁取りをした緑色のじゅうたんが目に入り、いたるところ、トイレまでが鏡と大理石で埋め尽くされている。まさに悪趣味としか言いようがない。スターリン大通りの労働者は、世界中のどこの労働者よりも安楽な暮らしをしている。一万一千人のそうした特権的な人たちとは対照的に、大多数の人は屋根裏部屋で押し合いへし合いするようにして暮らしながら、彫像や大理石、ビロード、鏡などに回した費用を町の再建にあてていれば、もっと美しい町づくりができたはずだと思っている——中には声に出してそう言う人もいる。

現時点で戦争が起これば、ベルリンは二十分ももたないだろうと言われている。だが戦争が起こらなくても、五十年、もしくは百年も経てば二つの体制のどちらかが優位に立ち、二つのベルリンがひとつになって、そこは両体制から無償で提供される商品が山のように積み上げられた化け物じみた見本市と化すにちがいない。

現在のベルリンの内情は——外観もそうだが——支離滅裂な状態にある。その実情を肌で感じ取り、人々の生活を裏側から観察し、ほころびを一時的に取り繕っている場所を目撃したければ、地下鉄にもぐりこめばいい。ヒトラーはロシア兵が玄関先まで迫って自殺せざるを得なくなる一時間前に、地下に隠れている民衆が地上に出て戦わざるを得なくなるよう地下鉄を水浸しにせよと命じた。そのために地下鉄は今も湿気を含み、汚れたままだが、ベルリンの住民——東西ベルリンの貧しい人たち——は両陣営が地表で繰り広げている声なき戦いを巧みに利用して、したたかに生きている。一方のベルリンで仕事をし、もう一方のベルリンで暮らしている人たちもいて、彼らは両陣営のいいとこどりをしているのである。ある地区では通りをわたるだけでもう一方のベルリンに行ける。こちらの歩道が社会主義体制なら、向かい側の歩道は資本主義体制なのである。前者の方に建ち並ぶ家や商店、レストランは国有で、もう一方はすべて私有ということだ。理論上は、一方の歩道に住んでいる人が通りをわたって靴を一足買うと、それぞれの側で少なくとも三つの罪を犯したことになる。

しかしベルリンでは、すべての規制は理屈上の話でしかない。投資、資本の流出、体制の壊乱防止に関しては明確な協定が結ばれているし、一方の側で得た収益を、もう一方の側で消費に回すことはできない。商取引の場合、前もって収入源が正当なものであると証明する必要があるのだが、現実には官憲は違反を黙認している。要するに体裁が整ってさえいればいいのだ。その気になれば、通りを歩いていてそのまま向かい側にわたることもできる。けれどもベルリンの住民は遊びのルールを尊重していて、向かい側へ行くにはそこを抜ければ反対側へ行けると分かっている地下鉄の通路を利用する。当局は見て見ぬふりである。

われわれが西ベルリンで東ドイツ・マルクを買おうとした折に、東西ドイツの違いを否応なく思い知らされる思いもかけない騒ぎが持ち上がった。ドルで東ドイツ・マルクを買おうとしたところ、交換率は一ドルが十七東ドイツ・マルクだと言われた。正直者のフランコは銀行員が勘違いしているのだろうと思い、通常の交換レートだと一ドルあたり二東ドイツ・マルクになるのではないかと尋ねた。ところが銀行員は、西ベルリンでは通常のレートとかかわりなく——一般人が見ている中、完全に適法な形で——一ドル十七東ドイツ・マルクで交換しているのだと言った。正式の交換よりも八倍強の金額になった。理論上は考えられないことだった。東ドイツでは、持ち金が国内で入手したものだと証明できなければ何も買うことはできないというのは、あくまでも建前の話である。二十ドルを西ベルリンで交換した金で、東ドイツを北から南まで駆け巡ることができた。バスルーム、ラジオ、電話完備の最高級のホテルに三人で泊まり、ベッドで朝食までとってコロンビアの金で七十五センターボしかかからなかった。彫像、鏡、それにシュトラウスの音楽演奏までついた、サービスのいい高級レストランでフルコースのランチを食べてもコロンビア通貨にして二十センターボ払うだけでよかった。

ベルリンには絶対に確実で、当てにできるものなど何ひとつないし、日常生活のごく当たり前のことでも、どこかペテンじみたところがある。そんな町で暮らしていくための秘訣を心得ていないと、絶えず不安に襲われることになる。まるで火薬樽の上に座っているようなもので、心安らかに暮らしている人などひとりもいないようである。パリでなら、政府の高官がまたバカをやらかしたな程度で済むニュースも、あの町では大砲の轟音じみた衝撃をもたらす。タイヤが破裂しただけで、パニックが起こりかねないのだ。

ライプツィヒでは事情が違った。曲がりくねったポプラ並木を車で四時間ばかり走ったわれわれは、道幅が路面電車の線路ほどしかない狭くて人気のない通りを抜けてライプツィヒに入った。時刻は夜の十時で、雨が降りはじめた。窓ひとつないレンガの壁や街灯の物悲しい明かりを見て、私はボゴタの南にある地区の夜明けを思い出した。

市の中心部は一見平穏そうに見えたが、まるで町はずれのように薄暗かった。人が暮らしている証と言えば、国営バー――HO――のネオンサインくらいのもので、店内にはわずかばかりの市民と数人の兵隊がいるだけだった。開店しているレストラン――ミトローパ――を探したが見つからなかったので、ホテルに向かった。フロントの職員はドイツ語とロシア語しかしゃべれなかった。そこはライプツィヒで最高級のホテルで、装飾の基本的理念はスターリン大通りと同じだった。カウンターには飛行機で運ばれてきた西側の共産主義的な新聞がすべて展示されていた。装飾過剰のごてごてしたシャンデリアに照らされたバーでは、オーケストラがノスタルジックなワルツを演奏し、客は上品ぶってはいても浮かない顔で冷えていないシャンパンを黙々と飲んでいた。おしろいをつけた高齢の女性客は流行おくれの帽子をかぶり、強い香水の匂いが漂う中を音楽が流れていた。

裾の長い真っ赤な上着、ひさしのついた黒い帽子に乗馬靴と、非の打ちどころのない狩猟用の衣服を着こんだ男女のグループが広い部屋の奥で紅茶と一緒にクッキーを食べていた。あれで黒い斑点のある白い大型犬がそばにいれば、イギリスの貴族階級を縮約して描いたリトグラフから抜け出してきたと言ってもおかしくなかった。むしろ、ブルージーンズにワイシャツ姿で、しかもハイウェイを車で走ってきてほこりまみれのわれわれこそ、民衆的民主主義の象徴的な恰好だった。

ライプツィヒに二十四時間滞在して町の様子をただ見てまわるのは能がないと思い、実態を調査しようと考えた。たまたま二週間前、西ドイツの学園都市ハイデルベルグを訪れていた。独特の透明感といい楽天的な雰囲気といい、ヨーロッパのほかのどこにもない印象深い町だった。ライプツィヒも大学都市だが物悲しいところで、ぼろぼろの服を着、打ちのめされたような顔をした乗客を満載した古い市電が走っている。人口五十万人ほどのあの町に車は二十台ほどしかなかったように思う。東ドイツの民衆は権力、生産手段、商業、銀行業務、通信網を手に入れたはずなのに、見たことがないほど暗い表情を浮かべた人々が住む、物悲しくて陰気な町であるのは信じがたいことだった。

日曜日に大勢の人が遊園地に繰り出す。ダンス音楽が鳴り響く中で、発泡酒を飲み、午後中くたくたに疲れるまで遊んでも、さほど金はかからない。ダンス・ホールは立錐の余地もないくらい混みあっていて、ぴったり身体をくっつけ、ほとんど動かずにいるカップルの顔には、市電に詰め込まれた乗客と同じ不機嫌そうな表情が浮かんでいる。何にせよ至って悠長で、パン、列車の切符、映画館のチケットといったものを手に入れようとすると三十分は並ばなければならない。遊園地でレモネードを買おうとしたわれわれも、カップルや子供連れの年老いた夫婦を肘でかき分けるように進まなければならず、結局二時間もかかった。鉄壁の、つまり何とも効率の悪いあのような組織は無政府状態と変わるところがない。

なぜそんなことになってしまったのか理解できなかった。たとえてみれば、時間つぶしにはいった映画館で、頭のおかしい連中が制作した、内容が支離滅裂で訳の分からない映画を見せられているようなものだった。というのも、革命の中心地であり、新しく生まれ変わった世界にいるというのに、何もかもが老いさらばえ、色褪せ、古びていた。

そんな不可解な思いに囚われていたせいか、フランコも私もジャクリーヌのことを忘れていた。少し遅れてついてくる彼女が、ほこりだらけのショーウィンドーに並んだ、法外な値段のついた安物の商品を退屈そうに見ていたのまではおぼえているが、昼食の時に、コカ・コーラがないじゃないのと腹立たしそうに言ったのを聞いて、フランコと私は彼女がいたことに気づいたのだった。夜、駅のレストランに入った。煙やいろいろな臭い、客の左耳から入って右耳から抜けていくオーケストラの演奏に包まれている時に、ジャクリーヌがぶちぎれた。

「ほんとにぞっとするような国ね」と言ったのだ。

フランコもまったく同意見だった。翌朝早く、さらに詳しく実情を調査すべく大学におもむいた。ライプツィヒのマルクス＝レーニン大学〔正確にはカール・マルクス大学。現在のライプツィヒ大学〕では、世界中からやってきた学生がマルキシズムを学んでいた。木立に囲まれて地味な学舎の建つ、静かに思索するのにうってつけの、カトリック神学校を思わせる大学だった。うれしいことに南米出身の学生たちのグループに運よく出会った。彼らのおかげでわれわれは具体的な事実に基づいた——ひとつ間違えば主観的な臆説になりかねなかった——情報を手に入れることができた。その夜ウォルフ氏の家で何ともにぎやかなパーティを開いてもらったことにも当然ながら大いに感謝している。

財産を没収された人たちが集まって、窮状を語り合う……

ヘルマン・ウォルフ氏のおかげで、思いもよらない経験をした。食事が終わるとジャクリーヌはホテルに引き上げ、フランコと私はその日知り合ったチリ人の学生と行動を共にしたのだが、以後、彼を仮名でセルヒオと呼ぶことにする。三十二歳になるこの学生は弁護士の資格を持ち、現在東ドイツの奨学金をもらって政治経済学を専攻している。二年前にチリを密出国し、以来ライプツィヒで暮らしている。

十一時、町は眠りについていた。セルヒオは私たち二人を連れて国営のナイトクラブ――フェミナ――に向かった。朝の二時まで営業している唯一の娯楽施設だった。どこか別の場所で同じような店を見た記憶があったのでフランコにそう告げると、それは実際に見たのではなく、とある実存主義小説の中で読んだ描写の記憶だろうと教えられた。紫色の間接照明が黒い壁に映えて、ただでさえ怪しい雰囲気とシュルレアリスティックな絵をいっそう際立たせているように感じられた。サロンには四人掛けのテーブルが並び、その向こうにダンス・フロアがあり、さらに奥の一段高くなったところがオーケストラ席で、厚紙製の熱帯の風景を背にマンボを演奏していた。

　われわれはダンス・フロアに近いテーブルについた。燕尾服を着たボーイが恭しい態度でセルヒオとドイツ語でやり取りしていたが、服装も態度も板についていないように思われた。アヘンでも吸わなければならないような雰囲気で、われわれはコニャックを頼んだ。用を足すためにサロンの奥の方へ向かったフランコが戻ってきた頃、セルヒオは隣の席の若い女を誘ってスウィングを踊っており、私は退屈しはじめていた。

「トイレに行ってみろよ」とフランコが言った。「目をむくぞ」。

　そこで私はサロンの奥に足を向けた。ＷＣと書かれたドアが三枚並び、真ん中のドアの鍵のところにタクシーのメーターが取り付けられていた。それは用を足す以上の行為をするためだった。デスクが置かれ、その向こうにいる女性が、客が出てくるのを待っていた。タクシーのメーターには三十ペニッヒ*と表示されていた。客はトイレから出てくると、デスクの上の小皿に三十ペニッヒを載せ、その女性にチップを渡した。（*ペニッヒは百分の一マルク。）

　テーブルに戻ろうとして気がついたのだが、サロンの奥の右手に、『神曲』とサルバドール・ダリの作品をないまぜにしたような混然とした迷路が広がっていて、したたか酔った男女がゆっくりと想像力のかけらもない愛の営みを演じていた。若い男女だった。サン・ジェルマン・デ・プレでは夏になると観光客向けに実存主義がある仕掛けをするが、それとは比べものにならなかった。ローマのマルグッタ通りのバーではもっと生々しいものがみられるけれど、ここまで不快ではない。売春宿ではなかった。社会主義国では売春が禁止されていて、厳しく罰せられる。そこは国営の店なのだ。しかし社会的観点からすれば、売春宿以上にひどかった。

迷路の突き当りにある、黒いカーテンに囲まれ、大燭台に照らされた秘密のバーでも愛の営みが行われていた。客の中にはひとりだけでコニャックを飲んでいる者や、突っ伏して寝ている者もいた。私はストゥールのひとつに腰を掛け、コニャックを頼んだ。フランコもやってきたちょうどその瞬間に、男のひとりがグラスを握りしめた手でカウンターをガツンと叩いた。グラスが粉々に砕けた。自分の手から血が噴き出すのを見ようともしない。バーの管理を任されている女が怒り狂って悪罵を浴びせても、男は素知らぬ顔でハンカチを取り出し、傷ついた手でそれを握りしめ、もう一方の手で札束を取り出すと、数えもしないでポンとカウンターの上に投げ出した。その間、一言も口をきかなかった。

「ぞっとするね」とフランコがつぶやくように言った。「ここまで絶望した人間を見たことがないよ」。

私はぞっとはしなかったが、その男が痛ましくてならなかった。ホテルに引き上げるつもりでダンス・フロアに戻った時、セルヒオは彼よりもはるかに背が高くて落ち着きのない金髪の女性と踊っており、先程まで彼と踊っていた若い女の子がわれわれのテーブルにひとりぽつねんとしていたので、ダンスに誘った。その子を抱いた時に妙な不快感を覚えた。「この子は体中の骨がないみたいだな」と、セルヒオが踊りながらそばに来た時にもらすと、彼は大笑いした。

「そうだろうね」と彼は言った。「サーカスでアクロバットをしているんだよ」。

金髪女性も笑ったところを見ると、おそらくセルヒオは私との会話を翻訳してやったのだろう。その笑い声を聞いて、最初の印象よりも実際はずっと若くて、飾り気のない娘だと気づいた。私がアクロバット芸人の女の子とテーブルに戻ると、燕尾服のウェイターと話し込んでいたフランコは、今度は自分の番とばかりにアクロバットの子をダンスに誘いながら、ウェイターに分からないようフランス語で私にこっそりささやいた。

「彼は何もかもぶちまけたがっているよ」

ウェイターはイタリア語が話せた。私が、民衆的民主主義の置かれた状況に興味を持っている南米コロンビアのジャーナリストだと自己紹介すると、それまでの奇術師のごとく落着き払っていた態度が一変した。まず、自分は強制収容所でイタリア語を覚えたのだと説明しはじめた。ついで厚紙製のシャツの胸当てを外し、前置きなしに命令口調でこう言った。「このシャツに触ってみてくれ」。言われたとおり触ってみると生地がゴワゴワしていた。「いいかい」と男は続けた。「こんなワイシャツでも一枚買えば、一カ月分の給料が飛んでしまうんだよ」。それで吹っ切れたのか、自分の抱えている頭の痛い問題についてうれしそうにまくし立てはじめた。最後には靴を脱いで、壊れかけたかかとの部分まで見せた。

「分かった、分かった」と私は言った。「だけど、食べものは西側より安いだろう」。

彼は肩をすくめ、「食べることがすべてじゃないよ」と言って、まるで南欧の人間のように両腕を広げて大きな声でこう続けた。

「強制収容所でもひどいものを食わされたけど、ここよりも幸せだったね」

フランコがアクロバットの子を残してひとりで戻ってきた。ダンス曲が一渡り流れたところでセルヒオも戻ってきて、あの金髪の子が友人の家で打ち上げパーティをするので、来ないかと誘われたんだけど、どうすると言った。先方は女性があと二人いて、男性が一人いるとのことだった。われわれはそちらのテーブルに移動した。セルヒオがみんなを紹介しはじめた。先に女性たちを、次いで紹介した男性は四十五歳のドイツ人で、屈託のない笑顔以外にこれと言って特徴のない人物だった。それがウォルフ氏だった。

彼らはここのほかの客とはまったく違う、健全で飾り気のない人たちのように思われた。年上の女性がウォルフ氏の妻だった。金髪と黒い髪の女の子はともに十七歳で、物理学を勉強していた。彼らのような健全な家族がなぜ掃きだめのようなところに来るのかについては、のちに明らかになった。東ドイツには財産を没収され、寄生的に暮らす社会階層が存在している。彼らはヒトラー時代のブルジョワで、財産は体制が変わった際に前もって賠償金をもらったあとに国有化された。政府は以前の事業にポストを用意したが、ほとんどの者はその申し出を断った。いずれ現体制は崩壊するだろうと考え、金利で暮らす道を選んだのだ。政府は外国の使節団や自国の公務員のために豪華なホテル、バー、レストランを建設したが、そんな場所へ行けば目が飛び出るほどむしり取られる。一般国民にとっては高嶺の花でしかなく、しょっちゅう足を向けるのは財産を没収された金利生活者だけで、政府としても賠償金を取り戻せるというので大歓迎している。財産を没収された人たちは集まって互いに愚痴をこぼし、小声で政府の悪口を言い、慰め合い、物悲しいワルツを聞きながら生ぬるいシャンパンを飲むことで、政府に返金している。われわれが宿泊しているホテルもそうした場所のひとつだった。

だが、賠償金は世襲財産ではない。財産を没収された人たちには親に頼り切っている子供たちがいて、親のいる間に金を使い果たそうと躍起になっている。将来の展望などない彼らは、人生を愛しておらず、怨念を抱きながら、一方で華やかだった過去を懐かしみながら毎日を送っている無知な世代である。物悲しいワルツを嫌い、シャンパンでは酒を飲んだ気がしないとこぼしている。彼らを社会から隔離するために、国家は公衆便所の使用料までとるようなナイトクラブを建設した。言ってみれば、そこは財産を没収された人の子供たちが生きながら腐り果てていく強制収容所のようなところなのだ。

ウォルフ氏は、そうした階層には属していない。若い頃はレコード店を営み、戦時中は通信将校をしていた。現在は電気製品の修理工場で働き、妻は独身女子寮の管理人をしている。彼らは二部屋続きの中二階に住んでいて、台所には電化製品と冷蔵庫がある。しかしトイレがないので、寄宿舎のものを使わなければならない。日曜日になるとウォルフ氏は典型的な農夫の服装に着替え、足取りも軽く階段を駆け下り、農園でビートの世話をしている。陽気というよりもお祭り騒ぎの好きな奥さんは、何かと言えばパーティをしたがる。月に一度、土曜日にウォルフ氏は奥さんをダンスに連れて行く。寄宿舎の女子学生で、その日授業のない子がいると、奥さんは一緒においでと誘う。その夜は金髪と黒髪の二人が参加した。朝方まで営業している唯一の店がナイトクラブ――フェミナ――だったのだが、ああいう店へ行けば若い子は毒されるとは誰も考えていないのだ。

セルヒオはジャーナリストで通していた。外国人学生は政府を憎んでいる人たちと衝突する機会が多く、なるべく自分の身分を明かさないようにしていた。金髪の子がウォルフ氏に、この人たちは三人ともジャーナリストなのと紹介してくれたおかげで、彼は安心して政府に対する不満をぶちまける絶好の機会が訪れたと考えて、私の家で打ち上げパーティをするので来られませんかと言った。

ウォルフ氏は陰謀を企むような人物ではない。実情を把握し、上質のユーモアをこめてそれを話せる善良な市民である。一本目のコニャックを飲みはじめたとたんに、冗談めかしながら現状について面白おかしく語りはじめた。奥さんが淹れてくれたコーヒーはチコリの味がするとんでもない代物だった。「わざと淹れたんですね」と、彼をあおって何か聞き出すつもりで言った。「申し訳ありません」と彼は笑い転げながら言った。「ドイツではこんなものしか手に入らないんです」。たしかにその通りだった。ライプツィヒへ来てから、われわれはコーヒーを口にしなくなった。

ラジオから流れていたダンス音楽が終わると、政府のニュース番組になった。ウォルフ氏はニュースの途中でラジオの音量を下げ、「胸の悪くなるような政治の話しかしないんです」とこぼした。セルヒオが、体制側のプロパガンダなんだと補足した。明け方の三時に最後のニュース番組が放送され、国歌で終了した。その時ふと、外国のラジオ局にダイヤルを合わせてダンスを続けたらいいじゃないですかと言ってみた。それを聞いてウォルフ氏は何とも言えずうれしそうな顔をした。だが、外国のラジオ局から聞こえてくるのは、ドナルド・ダックがしゃべっているような耳障りで切れ切れの雑音でしかなかった。私もダイヤルを回してみたが、外国のラジオ電波は妨害されていた。

ウォルフ氏が現体制を嫌悪するのは無理もなかった。しかし二人の若い女子学生は別の世界を知らない上に国から給料をもらって教育を受け、将来を約束されているというのにウォルフ氏と同じように現体制をかたくなに認めない姿勢に驚かされた。二人は自分たちのあまりにも粗末な衣服を恥じていて、世界中の小説が好きに読めて、誰でもナイロン製品を手に入れられるパリについて知りたがっていた。フランコは二人に、それはそうだけど、資本主義国では学生が給料をもらうことなんてないんだよと言って聞かせた。けれども二人は給料をもらいたいなどと考えていなかった。彼女たちはもちろん、マルクス＝レーニン大学でマルクス主義を学んでいる大半の学生は、ほぼ同じ考えだという。

「給料などもらえなくてもいいから、思った通りを自由に言える社会になってほしいんです」。私は現体制を批判する彼女たちの危険な考えに驚きつつ、一方で先日の選挙では政府を支持する人たちが九十二パーセントにのぼっていた事実を思い出した。ウォルフ氏は大笑いしながら胸をドンドン叩いてこう言った。

「私も政府を支持する方に投票しましたよ」

原則的に自由投票だった。だが地区ごとにある選挙管理委員会が住民の完全なリストを持っている。同氏は午前十時に階段を降りて投票に行った。「どの道」と私たちに説明してくれた。「反対票を投じれば午後三時に警察官がやってきて、市民の義務がどうのこうと説諭しはじめるに決まっているんです」。匿名投票だったが、厄介ごとに巻き込まれたくなかった氏は政府支持の票を入れたのだ。私はセルヒオにこう告げた。

「ウォルフ氏に、私があなたのことを臆病者だと言っていると伝えてくれないか」

それを聞いてまたもや大笑いしたウォルフ氏は、「外国人の方は皆さんそうおっしゃるんですが」と答え返してきた。「できれば選挙当日にこちらに来ていただきたいものですね」。コロンビア人ほどその言葉の意味を理解できる人間はほかにいないだろう。東ドイツの公的秩序は、政治的迫害の時代のコロンビアにそっくりなのだ。人々は警察をひどく恐れている。

その後、ワイマールに滞在中、フランコは同行していた二人の若いドイツ人女性にある住所を尋ねてもらおうと警官のそばに車を停めたが、彼女たちは決して首を縦に振らず、誰でもいいから警官でない人間に訊く方がましだと言い張った。

明け方まで飲んでいたので、かなり酔いが回っていたこともあり、ウォルフ氏は相変わらず大きな声でしゃべっていた。と、チャイムが鳴り、突然緊張が走った。ウォルフ氏ははじめて真顔になり、静かにするように言うと、「警察だ」とつぶやいた。二人の女の子は慌てて寝室に駆け込んだ。ウォルフ氏の妻がドアを開けに立ち、われわれは素知らぬ顔をしていた。やってきたのは政府発行の新聞の配達人で、一カ月分の代金をいただきに来ましたと言った。新聞の購読は義務づけられていないが、毎月配達人がチャイムを鳴らし、購読を延長するかどうか丁寧な口調で尋ねる。いやだと答える人間はひとりもいない。まだ震えの止まらないウォルフ夫人は新聞をテーブルの上に放り投げ、二年間購読料を払っているけど、見出しさえ読んだ例しがないのよと正直に言った。

その日の朝、駅のレストランで朝食をとっている時に、フランコとセルヒオの間でちょっとした口論が持ち上がった。フランコは、どうしてウォルフ氏に反論しなかったんだと嚙みついた。セルヒオは共産主義者である。フランコは、学生なら反動的な人間に対してもっと毅然とした態度をとるべきではないのかと説いた。セルヒオは無表情ではあったが、心底つらそうな声で叫ぶように言った。

財産を没収された人たちが集まって、窮状を語り合う……

「ウォルフ氏の言ったことは、すべて真実だよ」

セルヒオだけでなく、他の多くの大学生も同じ考えだった。彼らは東ドイツに社会主義は存在しないと見ている。ここにあるのはプロレタリア独裁などではなく、それぞれ抱えている固有の事情には目を向けず、ひたすらソビエトに追随しようとしている共産党グループの独裁なのだ。ヒトラーは善良な共産主義者を抹殺した。わずかに生き残った共産主義者は現体制の誤りに気づいたが、支配的なグループに排除された。若いマルクス主義者たちは、今の現実は教義に合っていないばかりか、指導者たちは危険を冒してでも誤りを修正する気概を持ち合わせていないと考えている。

労働者が悪いわけではないが、彼らには政治意識が欠けている。政府が、権力の座に就いているのはプロレタリアートだと言いつのるのはなぜなのか、一カ月ロバのように働いても、服一着買えば吹き飛んでしまうような安月給しかもらえないのはなぜなのか、そういった点について疑問を抱く意識がないのだ。それにひきかえ、西ドイツの労働者は搾取されてはいても、もっと安楽に暮らし、いい服を着、ストライキを打つ権利も持っている。こちらの国の人たちは、来るべき世代がもっといい暮らしができるようにと思って重荷を背負っているわけではない。そもそも労働に対する意欲が欠けている。既製服産業は競争がないせいで、まるで案山子に着せるようなとんでもない服を作っている。責任をとる人間はいないし、たとえいたとしても追い出せもせず、人々は履く靴もない社会主義がどんな意味をもっているのか理解できずにいる。万事この調子なので、サービス業務の担当者は客が待っているのに腕組みしたまま知らん顔をし、日曜日の午後になるとレモネードを買おうとする人が長蛇の列を作っていても無視している。省庁から台所に至るまで、複雑に入り組んだ官僚機構のせいで身動きが取れなくなっている。そのもつれを解きほぐせるものがあるとすれば、それは民衆的な政治体制だけだろう。

合法的な手段はストライキしかないが、教条主義的な体制のもとではストライキは存在しない。そもそもプロレタリアートが権力の座についているのに、そのプロレタリアートが自分自身に対して抗議するなどと、そんなばかげた事態はありえないというわけである。詭弁以外の何ものでもない。「革命は」とマルクス主義者の学生がわれわれに言った。「ドイツで起こったわけではない。ソビエト連邦からトランクに詰め込まれて運ばれてきて、国民を考慮することなく一方的にこの国に押し付けられたのだ」。

国民は重工業の成長発展を目にすることはないし、朝食に目玉焼きがついているかどうかを気にもしない。彼らの目には分断されたドイツと、機関銃で武装したロシア兵しか映っていない。西ドイツでも人々はまったく同様のものを目にしている。すなわち分断された祖国と、最新型モデルの車を乗り回しているアメリカ兵である。戦争に負けはしたが、今のところは安全が保障されていると分かっているので、両国民が抗議の声をあげたりはしない。しかし、社会主義あるいは資本主義について論じることより、自分たちが心の底から望んでいるのは東西ドイツの統一と外国の軍隊の撤退だということは誰もがよく分かっている。

そうした背後には、人間的な感受性の欠如があると思う。大衆を重視するあまり、個人そのものに目を向けようとしないのだ。個々人への眼差しはドイツ人にとって有効だろうし、ロシア兵についても同じだと言える。ワイマールに行った折、ある鉄道の駅には秩序維持のためにロシア兵がひとり機関銃を構えて日がな一日立っている姿に、土地の人たちは不快感を抱くだけで、気の毒なロシア兵を気遣う声はあがりもしない。セルヒオも同行してくれたそのワイマールでのある夜、われわれが閉鎖された公園のそばを通りかかると、軍楽隊の演奏が聞こえてきた。ロシア軍の士官用カジノでパーティが開かれていたのだ。身振りで入るように示されたので入ってみると、健康的で和やかな、まずまず気の置けない雰囲気だった。ダンス会場といっても土を踏み固めただけで、周囲にはソビエトの有力者の大判のカラー写真がずらっと並んでいた。軍楽隊がチャールストンにとてもよく似た古い曲を演奏すると、士官たちと奥さん連中がピョンピョン飛び跳ねるように踊りはじめた。勲章で飾り立てた士官のひとりがジャクリーヌをダンスに誘った。ウクライナの農婦の衣装をまとった押しの強そうな大柄な女性がフランコに近寄ると大きく広がったスカートの裾を指先でつまみ、優雅なしぐさでお辞儀をしてダンスに誘った。私も別の士官の奥さんを誘った。ダンス会場は荒々しいまでの熱気にあふれ、健康的すぎたので、われわれは少しばかり辟易した。

誰もが生まれ故郷を懐かしく思い返している中で、すっかり酔っ払い半ば眠ったような状態の兵士が二人、男同士で踊りはじめた。

　私の相手をしてくれた奥さんを席まで送っていくと、セルヒオが、ドイツ語が少し話せる士官と話し込んでいた。われわれがモスクワにも行くつもりだと聞いて、それは羨ましいと言った。おそらく彼がロシア語に訳して聞かせたのだろう、ソビエト連邦に旅行できる特権に恵まれた人間を一目見ようと、士官のグループが奥さんを伴ってやってきた。彼らはドイツ語が話せる軍人を介してセルヒオといろいろ話をした。それによると、ドイツから別の勤務地に転勤させてもらおうと二年前から申請している者も何人かいるという。彼らはロシアの風景写真に囲まれ、帰国できる日を指折り数えながらすることもなく、寄生生物のように暮らす日々にうんざりしていた。

　その時、ジャクリーヌが割って入ってきたので、われわれの会話は途切れた。ダンスをしている間中、相手の士官がずっと話しかけてくるのだけれど、何を言っているのか分からないから、訳してほしいと言った。その士官は耳まで真っ赤になって、言った通りをロシア語で繰り返した。それをドイツ語の分かる士官が訳してセルヒオに伝え、セルヒオはスペイン語に訳し、フランコがフランス語に訳してジャクリーヌに伝えた。それを聞いてみんなは笑い転げた。愛の告白だったのだ。居合わせた人たち全員に伝わったと気づいた士官は、大笑いしながらトマトのような真っ赤な鼻で子供のようにピョンピョン飛び跳ねた。

「うちのやつに知れたら殺される」と彼は大声で言うのだった。「うちの奥さんには言わないでくれよ」。

ロシアの軍人とは、そんな人たちなのだ。言葉が通じず、誰からも疎ましく思われているのが分かりきっている国で、彼らは牡蠣のように退屈しきっている。見かけは強化セメントで固めたような仏頂面をしていても、その強面の表情は臆病さの裏返しなのだ。とりわけ兵隊は山出しの田舎者で、人が好く、ソビエトの地方の寒村から無理やり引っ張ってこられた。これは作り話ではない。その証拠に、ベルリンに入城した際、武器の一種だと勘違いして洗面台を残らず叩き壊した兵士たちがいた。その中にはいまだにドイツに駐留しており、妻もなく、ひとりで酔っ払い、カジノで仲間と踊っている者もいる。男が二人で一緒に踊るのは、ソビエト・ロシアでは習慣的に行われていて珍しい光景ではないが、ここ東ドイツでは、まわりの状況から必要に迫られて仕方なくそうしているのだ。

二人一組の兵士が、映画館を出てショーウィンドーの前で足を止めてのぞいている若い女の子を物色しているのはよく見かけた。そばへ行きたくてうずうずしているのに、相手にされないと承知しているので、近づこうとすらしない。闇で売春をしている女たちもごく少数いるが、告発されるのではと恐れて彼らを相手にしようとしない。一年前、ワイマールでそんな兵隊の二人がどうにも我慢できなくなった。酒を飲み、男だけのパーティで一晩中ダンスをしたあと、外に出て手近にいた最初の女性を強姦した。懲罰はすさまじいものだった。ほかの兵士への見せしめの意味もあって、二人は監視人が見守る前で銃殺された。

チェコの女性にとってナイロンの靴下は宝石である

二年前、私は報道機関の特派員としてモスクワを訪れようと思い、ローマのソビエト大使館でビザの申請をした。大使館に四回足を運び、そのたびに違う役人が作成した同一の調査票に回答を書き込んだ。最後に、返答は郵送すると約束してくれたが、今もって届いていない。パリではもっと簡潔で明快な返答が得られた。グルネル通りの入り組んだ建物に案内され、レーニンのリトグラフが飾られた三つの広間に通された。最初の広間で私を出迎えたのと同じ役人が三番目の広間でも応対して、ほとんど理解できないフランス語で、ソビエトの何らかの組織から招待されたのでなければ、ビザを申請しても認可されないと明言した。

この一年で状況が変化した。パリではコンガのリズムに乗ってバルト海と黒海の港町をめぐる二週間のツアーが組まれるようになった。ただ、あちこちを急ぎ足で巡り歩き、断片的で皮相な見聞だけで書いた記事を、読者は鵜呑みにしかねないので、誠実なジャーナリストにとってツアーに参加するのは危険である。

ベルリン滞在中に、第六回モスクワ世界青年学生祭典《フェスティバル》に出席する許可を得たが、その時私は、これはツアーの団体旅行よりも危険だと思った。何しろ参加者は五百名でなく、四万人に上る予定だというのだ。ソビエト連邦が世界中からやってくる使節団を迎えるべく二年前から準備をはじめていたことから考えると、われわれが目にするのはソビエトの現実ではなく、外国人に見せるために捏造されたものになるはずだからである。それは理解できなくもない。というのも、フェスティバルの参加者の大半は共産主義者でないので、どこかに欠点が見つからないかと目を光らせ、受け入れ側がいろいろな面でまだ手探りで国づくりを進めていることを理解しようとしない。主催者としては、たとえ少人数であってもモスクワのフェスティバルで、共産主義者を具体的な形で信頼してもらえるようになればと願っているのだ。「ポーランド人ってほんとうにこすっからいのよ」と二年前にワルシャワのフェスティバルに参加したイタリア人の女の子がローマで私に言った。「ポーランドでは信仰の自由が認められていると信じ込ませるために、教会を開放して、司祭に扮装した公務員を至る処に配置してたの」。実を言うと、ワルシャワの再建はカトリックを中心にはじまっていて、政治に参加しなかった聖職者たちは完全な自由を享受していた。西側の資本主義信奉者たちは、あの国の人たちが汗を流して国を再建しようとしていることには目を向けず、市内はどこにも車が走っていないし、人々の衣服は貧しく、その上エレベーターは階と階の間で止まって動かなくなると言って大笑いしている。ワルシャワではポーランドの首座大司教ヴィシンスキ［ステファン・一九〇一―八一。政治的混乱期に重要な役割を演じた］枢機卿が投獄されていたので、住民は声をひそめてしゃべっていた。しかし、誰ひとり——共産党の使節団でさえも——共産党の指導者ヴワディスワフ・ゴムウカ［一九〇五—八二］も投獄されていたことを知らなかった。そのゴムウカはワルシャワのフェスティバルの一年後、ポーランドの運命を彼の手にゆだねようと考えた民衆の手によって政権に復帰した。

西側政府の中には、十五日間のモスクワのフェスティバルを絶好の機会だと考えて、具体的な指示を与えた上でスパイを送り込む国もある。モスクワでは英文で印刷された一枚の紙が出回り、そこにはソビエト連邦を批判するようにと書かれてあった。もちろん、それは想定済みだったので、社会主義国は十五日間のうちの日曜日に大衆を動員し、外国の使節団の目につくように彼らに精一杯盛装させている。私は客を迎えるために着飾ったソビエト連邦を見たいと思わない。女性と同じで、それらの国々の寝起き姿を見る必要があるのだ。

フランコの考えは違っていた。彼の考えでは——今になってみると、その通りだと思うが——、皮相な見方しかできない責任の一端は使節団にもあると言うのだ。フェスティバルがどういうものか分かっていなければ、ある町に二週間滞在したところで、その町を理解することはできない。モスクワで開催された映画祭では毎日四本の映画が上映された。世界演劇祭と同時に、いくつかのオリンピック競技に加えて、世界中の絵画、写真、民俗芸術、代表的な衣装を紹介する三百二十五の展覧会が催された。六つのセッションとともに音楽とダンスのコンクール、並行して建築学、造形芸術、映画、文学、医学、哲学、それに電子工学のセミナーが開かれた。世界中の専門家によるさまざまなテーマの講演会もあった。ソビエトの重要な組織の一つひとつがすべての使節団を招いて歓迎会を開き、また三百八十二の使節団がそれぞれ他国の使節団を招いて歓迎会を催した。文化、スポーツ、科学の代表者を除いて、約三千人の使節団を送り込んだのはフランスだけだった。時間に余裕があれば、中国の雑技団、パブロ・ネルーダ訪問、クレムリン見学、日本料理の展示会、集団農場への招待、チェコの人形劇、インドの舞踊、ハンガリーとイタリアのサッカーの試合、スウェーデンの女性使節とのプライベートなインタビューの中からどれかを選ばなければならなかった。こうしたことすべてがわずか十五日間という日程の中に詰め込まれている上に、どこへ行くにも一時間はかかるというほどだだっ広い場所に会場が散らばっていた。だから、使節団の中には、結局ひとりのロシア人にも会うことなく帰国するものもいるにちがいない。

フランコはこの混乱に乗じて何かやらかそうと言い出した。見世物など面白くないだろうから、ソビエト連邦の遠く離れた土地に住む人たちと話す機会を持つことにしたらどうだろう、過去四十年間彼らは地上のどの国の人たちとも没交渉だったので、外国人と分かれば喜んで話をしてくれるはずだよ、と言った。フェスティバルを覗くか、それともソビエトの現実についてより正確な情報を得るかのどちらかだとなれば、われわれはフェスティバルを捨てることにした。

ソビエトのビザを手に入れるのに二年もかかったのに、ポーランドのビザはわずか十分ほどで、それも一言も口をきくことなくもらえた。二十二人の気の置けない使節団員と一緒に、ワルシャワでの国際映画会議にオブザーバーとして参加することが認められたからだ。身分証明書はポーランド語で書かれていたので、私はそれに二枚の写真を添えて領事館に提出し、守衛のデスクの上に招待状を置いた。執務室のドア越しに、ワルシャワに電話をかけ、かなりいい加減な発音で私の名前を向こうに伝えている領事の声が聞こえてきた。十五分後には、ポーランドのビザが私のポケットに収まっていた。

ジャクリーヌはバカンスが終わり、パリに戻った。フランコは車をベルリンのガレージに預けていたので、われわれはプラハ行きの列車に乗ったのだが、チェコのビザは持っていなかった。十五時間の旅のうちの四時間は国境で、われわれ以外誰も乗っていない車両の中で待たされ、きびしい検問を受けた。ドイツ最後の村での税関手続きは五分で終わったのに、国境では二時間待機させられた。夕方になってやっと列車が動き出した。人がふつうに歩くよりも遅い速度でゆっくり駅を離れ、ドイツ語の標識のある村を通過した。村はずれの橋の手前で停止した。そこには赤地の布の上にペンキで書かれたチェコ語の標識があった。橋の上には機関銃を構えた六人の兵士がいて、車両の下に人が隠れていないことを確認したあと、列車がふたたび動き出すと、兵士たちは二手に分かれ、草むらの中の小道を歩きながら両側から列車を護衛した。一キロ先にチェコの最初の駅があった。そこでさらに二時間待たされた。

おやっと思うものと言えば、拡声器から流れてくる音楽と、鉄道員の制服に身を包んだ女性くらいのものだった。パンタロン姿の女性はどこでもふつうに見かける。しかし、ワイシャツにネクタイを締め、男物の靴を履き、髪をまとめて帽子の下に押し込み、全身制服で固めている女性を見た時は、さすがに少しびっくりした。その後分かったところでは、チェコではどの駅でも鉄道業務についている女性は全員制服を身につけているとのことだった。その日はひどく暑かった。私はヨーロッパでいろいろなものを目にすると、きまってコロンビアの田舎町に似たところはないかと目を光らせてしまう。そのせいもあって、焼けつくように暑くて人気のない駅で、色とりどりの容器に入った清涼飲料水を並べたカートの前で男が眠りこけているのを見て、サンタ・マルタ［コロンビア北部の地域で、リゾート地としても知られる］のバナナ農場地帯にある埃っぽい駅と変わるところがないと思った。さらに、拡声器からメキシコのロス・パンチョスのボレロ、マンボ、それにコリード［中南米のバラード風の物語歌］が流れてきたので、その印象がいっそう強まった。ボレロの「背信《パーフィディア》」が何度もかかっていた。それまで耳にしたことがない独自の編曲がされているラファエル・エスカローナ［一九二七―二〇〇九。コロンビアの作曲家］の「ミゲル・カナーレス」が聞こえてきた。

どんなレコードか調べようと思って下車しようとしたら、車両には鍵がかかっていた。女性鉄道員のひとりが、パスポートを調べている間は下車できないと身振りで教えてくれた。

二人いる税関職員はアメリカ軍のそれを思わせる軽くて着心地がよさそうな、シミひとつない夏の制服を着ていて、どちらも若くて親切だった。ひとりはフランス語ができた。チェコのビザを提出するように言われ、持っていないと答えると、べつに驚いたような顔はしなかった。もうひとりの同僚と話し合ってから、パスポートを持って奥の部屋に入っていった。しばらくして戻ってくると、プラハに電話で問い合わせたのだと説明してくれた。三十分後、チェコスロヴァキアに十五日間滞在できるトランジット・ビザを受け取った。

まず驚かされたのは、官僚制で凝り固まった東ドイツと違い、この国の入国手続きが実に簡単なことだった。以後、さらにいろいろな違いを体験することになった。清涼飲料水、チェコのすばらしくおいしいビールは紙コップに入って売られていて、そこには《使用後容器は廃棄してください》と注意書きが印刷されている。衛生面での気配りは行き届いている。レストランは明るく清潔で、しかも効率がよく、トイレも西ヨーロッパのどの国よりも清潔である。もちろん、パリに比べても格段にきれいである。

パスポートの審査が終わると、どこかのドアが開いたのか、列車に乗ろうと地下通路を通って大勢の人がわっと押し寄せてきた。男たちは上質の服を着ていた。女性はほとんどが前開きで右ボタンという男物の既製ズボンをはいていた。子供たちは、趣味のいい服をきちんと着ていた。中にはスーツケースと荷物を持ち、妻と子供を連れた軍人も混じっていたが、彼らも一般人とまったく変わるところはなかった。

すぐに列車が動き出し、機械化が進んでいて隅々までよく耕されている農業地帯をすべるように走りはじめた。完成しているか、あるいは工事中の水利工学に基づいた巨大な建造物がいたるところで目についた。プラハに近づくと、耕作地に代わって工業地帯が現れた。最初の夜、果てしなく続く列車とすれ違ったが、そこには新型のバスと真新しい農業用機械が積み込まれていた。フランコは車窓を開けようとした。オーバーコートを着て眠っている少女を膝の上に乗せた四十代の男性が、フランコが懸命になって窓を開けようとしているのに気づいて、フランス語でこう言った。

「向こうへ押せばいいんです」

旅の道連れになったその人が、あれらのバスと農業機械はオーストリアに輸出するのだと教えてくれた。彼の話では、チェコスロヴァキアは多くの西側諸国やソビエト連邦を含む社主義世界全体にさまざまな機械を輸出しているとのことだった。彼はディーラーで、今年四回目の出張でフランスへ行き、帰国するところだった。自分は共産主義者ではない、政治向きのことにまったく関心はないが、チェコスロヴァキアは暮らしやすいのだと言った。アメリカにわたってひと財産作ろうなどという野心は持っていなかった。彼のパスポートには、商業活動に関わりのある場合のみ有効という制限がつけられていた。今回はパリを見せてやるために十二歳の娘を同行してもよいという許可を受けていた。数週間後、フランスに戻るために乗った列車の中でも、バカンスでフランスに向かうチェコ人の家族に出会った。その時、あるフランス人が、いいことを教えてあげましょう、パリにはチェコの通貨を正規の三倍で買ってくれるところがあるんですよ、と小さな声で耳打ちした。チェコ人はその話に耳を傾けようとせずに、こう言った。

「そんなことをすれば、自国経済に悪影響を及ぼすことになるでしょう」

このような考え方は東ドイツの専門職についている人たちのそれとは対照的である。あの国の舞台監督や医者は信じられないほど高い給料をもらっている。国家がそういう人たちを育成して専門的な知識をたたき込んだあと、国外に逃げないよう破格の給料を出すのである。私の出会ったチェコ人は誰もがそれぞれに自分の運命を受け入れている。学生たちは文学や外国の報道に関して不必要な規制があると言って不平を鳴らしたり、旅行で国外に出るのに面倒な手続きがいるとこぼすことはほとんどない。

ライプツィヒに着いたのは夜で、町の照明が暗い上に霧雨が降っていた。そのせいで第一印象が悪かったのだとフランコが言った。プラハには夜の十一時に着いた。同じように霧雨が降っていたが、町は活気にあふれ生き生きとしていて、十二時間後に夏のすばらしい朝を迎えて目にした町と変わるところはなかった。駅にある外国人向けの案内所へ行くと、プラハで最高級のパレス・ホテルを紹介してくれた。その時に、こちらでは両替が二種類ある、ひとつは正規のもので、一ドル四コルナで、もうひとつの観光用両替だとほぼ倍額で交換できますと教えてくれた。違いは、観光用両替にすると、ホテルだけで使用できる両替金額の六十パーセントに当たるクーポン券をくれるのだ。両替を済ませると、われわれはバス、トイレに電話のついたホテルで、三食まで食べたのだが、料金はわずか四ドルで済んだ。ディナーには素晴らしいフランス・ワインがついていた。パリの安レストランではめったに口にできないようなワインだった。

真夜中に市の中心を歩き回った。ヴァーツラフ大通りのカフェから流れてくる音楽に混じって、映画館と劇場から出てきた人たちのざわめきが聞こえてきた。大勢の観客を集めたバルデム［フアン・アントニオ・一九二二―二〇〇二。スペインの映画監督］の映画『恐怖の逢びき』とガルシア＝ロルカ［フェデリーコ・一八九八―一九三六。スペインの詩人、劇作家］の戯曲『マリアーナ・ピネーダ』が上演されていた。映画館と劇場から出てきた人たちは、木の下で営業しているテラスでビールを飲みながら、スペインに思いを馳せていた。

映画館から出てきたグループが同じ建物の中にあるナイトクラブに入っていった。入るのにいくらかかるのか尋ねると、入場料は五コルナで、ビールは四コルナとのことだった。そこは国際的なナイトクラブで、夏場に西側にあるその手の店に入ると目が飛び出るほどむしられる。胸元が大きく開いたドレスを着た女性歌手が、パノラミックなスクリーンの前でチェコ風に編曲した「シボネー」を歌っていた。

われわれはビールを頼んだ。ビールをちびちび飲みながら、ここが資本主義国の都会でないと確認できるような手掛かりはないかとまわりを見回してみた。フランコは隣席の若い女性をダンスに誘った。火曜日だった。イタリアでこのような店へ行けば、男たちは一分の隙もない服装で決めているが、こちらではそれほどでもない。どちらかと言えば、土曜日にダンスに出かけるコロンビアの中産階級といった感じだった。演奏曲が一巡すると、フランコが戻ってきて相手の女性を紹介してくれた。二人は英語で話していた。われわれはこちらの席へ来ないかと誘った。彼女は向こうの席へ行くと、グループの仲間と話をし、ビールのグラスをもってわれわれのテーブルにやってきた。私はフランコにこう言った。

「体制の違いを示すようなものはどこにも見当たらないね」

値段が違うだろうと彼が言ったので、なるほどと納得した。ダンスをしようと席を立つと、彼が「女性歌手をよく観察してみるといい」と言った。ダンスをしながら言われたとおり目を凝らしてみた。白っぽい金髪で、ハイヒールを履いているのにひどく背が低く、マリンブルーのイブニングドレスを着ていた。どことといって変わったところは見られなかった。フランコにそう言うと、こう答えた。

「足先を見ろよ」

言われて気づいたのだが、擦切れたナイロンの靴下から足の指がのぞいていた。私はそれだけで体制に欠陥があるとは言えないだろうとやり返した。冬のパリでも、男女を問わず歩道で新聞紙にくるまって寝転がっている大勢の人を見かけるが、それで革命は起きてこなかった。しかしフランコは重要なことを指摘した。「些細なことだと言って見過ごしてはだめだ」と彼は言った。「先々のことまで考えている女性にとって、破れたストッキングは国家的な大惨事にも等しいんだ」。彼はビールを飲み干すと、ダンス・フロアに戻った。

演奏が二巡するまで戻ってこなかった。ダンスをしている姿を見ていると、上品でほっそりしていて、ユーモアのセンスも持ち合わせていそうなその女性と気が合うようだった。長い間二人の姿が見えなかった。テーブルに戻ってきた時、フランコがかなり酔っていたところを見ると、バーで飲んでいたのだろう。彼はさらにビールをもう一杯飲んだあと、酔いに任せて女性の耳元で、ホテルへ来ないかいと甘い声で誘った。彼女は大笑いして、フランコの甘い声をまねて、彼の耳元でこう言った。

「あちらのテーブルへ行って、主人の許しをもらってきて」

それで一気に座の空気が和み、われわれはそちらのグループと合流した。若い彼女がフランコのことを話し、みんなで大笑いした。フランコの方は酔いが一気に醒めてしまったが、彼女の夫がうまくその場を取り繕った。旧市街の城から夜明けを見に行こうと言い出したのだ。ポーランドのウォッカを二本買い求め、朝の三時にメキシコのコリードを歌いながら石ころだらけの通りを登って行った。突然フランコと踊っていた彼女が歩道に腰を下ろし、ストッキングを脱ぐと、それをバッグにしまった。

「大切にしないといけないの」とわれわれに言った。「ナイロンのストッキングは目が飛び出るほど高いのよ」。

フランコは嬉しそうに顔を輝かせて、私の背中をドンと叩いたが、おかげでようやく事態が呑み込めた。以前、ヨーロッパでもっとも高くつく避暑地ニースで、満ち潮になると大金持ちが海水浴をしているあたりに町のごみくずがぷかぷか浮かんでくるのを発見した時と同じ喜びを覚えた。

プラハの人たちは資本主義国と同じ反応を示す

これまでプラハは消化しようのない影響を外から受け入れてきたが、太りすぎることも、胃潰瘍になることもなかった。過去を大切に保存しつつ、よく考えた上で現在と手を握ることによって、その中間に身を置いている。錬金術師通りと呼ばれる狭い通りがあって、そこは良識によって生みだされた数少ない博物館である。時間がその場所を作り上げた。十七世紀、そこには小さな店が建ち並び、素晴らしい発明品が売られていた。錬金術師たちは賢者の石［中世の錬金術師たちが探し求めた、鉛などの卑金属を金に変える触媒になる霊薬］と不死の霊薬を見つけようと店の奥で懸命になって研究にいそしんでいた。無邪気な客たちは口を開けて、ショーケースに霊薬が並ぶのを待ちながらあの世へ旅立っていった――もしショーケースに不死の霊薬が並ぶようなことがあれば、何としても手に入れたいと思って金を貯め込んでいたのだろう。その後、錬金術師たちは姿を消し、科学の生み出した詩とも言うべき驚くべき処方箋も失われてしまった。現在、それらの店は閉められている。観光客を呼び寄せるためにまがいものの怪しげな店が作られることはなかった。コウモリが棲みつき、クモの巣に覆われたままの建物を放置し、時代がかっているのを売りにしてもよかったろうに、現在それらの建物はありふれた子供っぽい感じの黄色とブルーのペンキが毎年塗られている。色合いは現代風でなく、十七世紀であれば真新しい感じのするような色である。そこには銘板もなければ、むずかしい説明書きも出ていない。チェコ人に《ここはどういうところですか？》と尋ねたら、ごく自然な態度でさりげなく《錬金術師通りです》と答えてくる。それを聞くと、十七世紀に戻ったような気持ちになる。

古いものが時代錯誤の印象を与えない町、それがプラハである。旧市街の路地を歩いていると、ピカソの複製画が飾られている由緒あるビヤホールと電子計算機の店が同居している古びた大きい建物が目に入った。チェコの人に歴史あるあのビヤホールにどうしてピカソの絵がかかっているのか尋ねると、《ピカソを好きな人がいるんですよ》という答えが返ってくる。そうしたコントラストに違和感を覚えることはない。あの都市は秩序と品の良さをもとにして町づくりが行われているが、趣味に関しては何の束縛もないようである。体制、共産主義政権、革命、――ヨーロッパでもっともバランスのとれた――産業、さらには世界一のチェコのマリオネットについても同じことが言える。

われわれはプラハに数日間滞在して自由に歩きまわったが、西ヨーロッパの町にいるのと何ら変わらないように思われた。押し付けられたものではない自然発生的な秩序があって、武装した警官を見かけることはない。人々が不安そうに緊張している様子は見られなかったし、秘密警察によって統制されている気配――それがうわべだけなのか、本当にそうなのかはともかく――も感じ取れない唯一の社会主義国である。

一般にチェコの統治者たちはモスクワにもっとも忠実だと言われているが、これと言ってソビエトの影響は感じ取れない。機関車や公共の建物に赤い星が飾られているのも、見せかけでそうしているとは思えない。ソビエトの軍人はひとりも見かけなかった。大理石の彫刻とモスクワと同じようなバカでかい菓子店［塔のある教会建築のことか？］が目につくが、それもプラハの建築学的な統一感を台無しにしていない。あの国の人たちは強靭で活動的な性格をそなえていて、随所にうかがえるそうした性格が隷従している印象を与えないのだ。われわれが東ドイツで見た、その後ハンガリーで目にすることになる狡猾で意図的な、見せかけだけの隷従とは一線を画している。

数日前、ポーランドのワルシャワのある工場の労働者たちがゴムウカに、民衆的民主主義の生活水準がなぜ資本主義国のように上がらないのかと質問した。《すべての資本主義国の生活水準が民衆的民主主義のそれよりも高いわけではない》とゴムウカが答えた。《チェコスロヴァキアの生活水準がどの国よりも高いことは間違いない》。手元に資料がないので確かめようがないが、人々の外見や街の全体的な印象から、ゴムウカの発言は的外れとは言えないように思われる。チェコスロヴァキアでは、政治への関心が薄いが、ほかの民衆的民主主義国では政治が深刻な頭痛の種になっていて、話題に上るのはそればかりである。われわれは何度も学生たちに会って話を聞いたが、分かったのは彼らの一番の関心事は知識を身につけることで、政治にほとんど関心を持っていないことだった。彼らは外国の出版物に対する規制と国家の孤立が強制されていることへの不満をあからさまに口にしている。明白な政治的信念を抱いている学生の中には、ほかの民衆的民主主義国では検閲が必要だが、チェコスロヴァキアでは必要ないと考える者もいる。われわれはガルシア＝ロルカの翻訳家として知られる人物と話をすることができた。三十五歳のスペイン語教師で、非常に内向的で控えめな性格の人だが、知的な面では驚くほど醒めたところがあった。スペイン文学に大変詳しく、南米文学にも特別な関心を寄せている。コロンビアの本が二冊翻訳されていて、数週間で完全に売り切れてしまった。彼はその二冊、つまりホセ・エウスタシオ・リベーラ［一八八九—一九二八。熱帯を舞台にした小説で知られる作家］の『大渦』とエドゥアルド・サラメア・ボルダ［一九〇七—六三。ジャーナリスト、作家］の『私自身の四年間の漂流』について熱っぽく語った。

プラハの人たちは資本主義国の人たちと同じ反応を示す。ばかばかしいと思われるかもしれないが、これは興味深いことである。というのも、ソビエト連邦ではまた違った反応が見られるからである。プラハとモスクワでわれわれは腕時計を使って実験してみた。実験といってもごく単純なもので、フランコと私は時計の針を一時間進めてプラハの路面電車に乗り、立っていた。その際、時計がはっきり見えるように手すりにつかまった。五十歳くらいの太って神経質そうな男が、退屈そうにわれわれの方を見た。その時、私の時計が十二時三十分を指しているのに気づいて飛び上がった。機械的に自分のワイシャツの袖口をたくし上げて時計を見ると、十一時三十分を指していた。時計を耳に押し当てて動いていることを確認すると、ほかに時計をしている乗客はいないかとひどく焦って不安そうにまわりを見まわした。フランコの時計が目に入り、見るとそれも十二時三十分を指していた。すると男は肘で乗客を掻き分けるようにして出口に向かい、路面電車がまだ停止していないのに飛び降りて、人ごみの中に姿を消した。

パリとローマでも同じ反応が見られる。モスクワで自由時間があったので、彼と一緒に時計をつけてあちこち歩き回ると、町の人たちが物珍しそうに近寄ってきたのは、ほかの土地とはまた違った好奇心に駆られてのことだった。そこから、ソビエト連邦では時計がほとんど生産されていないのだと分かった。ほとんどの人が腕時計をしていない。彼らが興味を持ったのは、金メッキをした独特の形の、見るからに品質のよさそうな時計だったからで、時間を知りたかったのではなかった。ソビエトの人たちが腕時計を買おうとすると、相手の言い値通りの金額を払わなければならない。プラハの路面電車の乗客は些細なことにこだわる。紳士はご婦人方に席を譲らなくてもいいようにそっぽを向いているし、婦人たちは財布の中の小銭を探すのに躍起になっていて、下車駅でボタンを押し忘れ、あとで運転手に嚙みつくことになる。モスクワでは、乗客が隣の人の肩越しに新聞をのぞき込んだりはしない。そもそも新聞で身近な問題が取り上げられることはないし、西側のように毎日起こる驚くような事件が報道されることもない。話好きでおしゃべりなモスクワっ子も、地下鉄に乗った時は、早朝のミサに出かけようと路面電車に乗り、物思いにふけっている西側の婦人のように生真面目な顔をしている。

チェコスロヴァキアには私がそれまで目にしてきたものと明らかに違う点がひとつある。軍人である。彼らが市民生活の中に溶け込んでいる様子は驚くべきものである。鉄道の駅へ行くと、切符を買うために列の後ろに並び、スーツケースを持ち、子供を連れて一般市民と席を奪い合い、子供をトイレに連れて行く時は、席をとられないよう帽子を置いていく。軍人というよりも、軍服を着た市民といった感じである。プラハの市場へ行くと、軍人が一方の手で下の子の手を引き、もう一方の手におむつと哺乳瓶の入ったバッグを下げている。ひとりの士官がトマトのいっぱい入った帽子を手に持ち、奥さんがそれをバッグの中に詰めようとファスナーと格闘している間、辛抱強く待っているのを見かけたこともある。別の士官は大勢の人の頭越しにガラスケースの中のマリオネットを見せてやろうと、息子を肩車していた。職業軍人として尊厳はどこにあるのだという人がいるかもしれないが、私はむしろ人間的尊厳の勇気ある発露だと思う。

何の束縛も受けず自由にチェコ国内をあちこち駆けまわって気がついたのは、外国人の場合、ブルージーンズをはいていると人目につくことである。ブルージーンズ姿だと、人々は大笑いして足を止め、いったいどの天体から舞い降りてきたんだと尋ねてきた。チェコの人たちがきちんとした身なりをしているだけでなく、服装に気を配っていることはすぐに分かった。パリの女性に引けを取らないほどおしゃれな服を着ている女性をよく見かけた。外国人であっても、当たり前の服装をしていれば、人目を惹くことはない。その点がソビエト連邦やほかの民衆的民主主義の国と違っている。それらの国では、着古していても気にとめず、仕立てもよくない服装をしていないとチェコとは逆に目立ってしまうのだ。

正当な理由がないとのことでポーランド領事館からビザが発行されなかったので、フランコはプラハに留まることにした。彼と話し合い、帰途この町で落ち合って一緒にモスクワへ行くことにした。今思えば、ワルシャワへ行くのなら彼の鋭い観察眼がどうしても必要だった。列車では家族連れの——妻と八人の子供、三人の甥、それに生まれて間もない仔豚を連れた——チェコの老農夫と同室になった。コンパートメントにはほかの乗客はいなかった。老人は指で絵を描いて自分たちの暮らしぶりを説明してくれた。彼らはポーランドの国境から数キロのところにあるとても大きな家で暮らしていた。そのあたりではまだ集団農場になっておらず、収穫は個人のものだが、国が農機具を供与し、農産物を買い上げてくれる。老人は、クリスマスに仔豚を一緒に食べようと言って家に招いてくれた。簡素で清潔な駅で降りる時、車窓越しにポーランド人は国外に出たがっているので、パスポートにはくれぐれも用心するようにと忠告してくれた。

ポーランドとの国境が近づくにつれて、乗客の数が目に見えて減りはじめた。日が暮れると、列車内には私以外いなくなった。私は仕方なく横になって眠った。チェコ人の車掌が私を起こして、切符を見せるように言った。私の顔をしげしげと見たあと、イタリア語で話しかけてきた。彼は戦時中ミラノにいた。そこで結婚し、現在チェコ語とイタリア語の二カ国語を同じように話す四人の子供がいる。二人は現在バカンスでミラノへ行き、あとの二人は国営のキャンプ場に行っているとのことだった。暇を持て余していた車掌は次の駅でビールを二ダース買うと、国境に着くまでの間自分の暮らしぶりについて話してくれた。現在の国家に満足しているのか尋ねると、金歯を見せてにっこり笑いながら教科書通りの答えを返してきた。《われわれは全員共産主義者なんだ、分かるだろう》。彼もまたごく当たり前のようにパスポートには気をつけるんだぞ、と忠告してくれたのには驚かされた。《ポーランド人は共産主義者じゃない》と彼は言った。《口ではそう言っているが、あいつらは、日曜日になると必ず教会へ行くんだ》。

今回もまた国境で四時間待たなければならなかったが、これには本当にうんざりさせられる。西ヨーロッパだと、標識に書かれている言語が変わるので国境を越えたと分かるだけで列車が停まることはない。ヨーロッパの人間がビザの提示を求められる西側の国はほとんどない。たとえばフランス人がイタリアに入国する場合、身分証明書だけで、パスポートを提示しなくてもいい。鉄のカーテンの中では、国境を越えるのは大仕事である。入国に際しては所持金を申告しなければならず、出国時には銀行の両替証明書の提示を求められる。当局はそうすることで、外国の金で投機していないかどうか確認する。しかし手続き自体は十分もあれば完了する。列車はその国最後の駅で二時間停車し、兵隊に警護されて国境を越えると、もうひとつの国の最初の駅でさらに二時間待たされる。

ポーランド国内に入ると、税関職員からパスポートを提出するように言われた。彼らはおそらく――私自身も知らなかったのだが――特別なビザだと気づき、映画大会の証明書を提示するように言って、書類をすべて持ち去った。しばらくしてフランス語を話せる職員が戻ってきて、ポーランドの車両に移るように命令した。あの国の車両はヨーロッパで一番乗り心地が悪いと聞いていたので、いやだと言うと、職員は無理を言わないでくれと言って紙に席の番号を書き、私がそこに座るのを見届けると、別れ際にこう忠告してくれた。

「席を変わらないように。ワルシャワに着いたら、ほかの乗客が全員下車するまで待機していてください」

寝やすい姿勢をとろうと明かりをつけずにもぞもぞ体を動かす乗客のせいで夜は何度も起こされた。明け方になると、一等車は四等車に乗っているような粗末な服を着た人たちでひしめきあっていたし、網棚にはスーツケースやひもをかけた荷物が所狭しと押し込まれていた。朝の四時前には日が昇った。そのころになるとほとんどの人が本を読みはじめた。二人連れの男女がジャック・ロンドン［一八七六―一九一六。アメリカの作家］の小説を読んでいた。

仕立てはいいが、かなり着古した服を着、無声映画に出てくる妖婦のような帽子を目深にかぶった女性が私の時計をじろじろ見ていた。間もなく気づいたのだが、彼女だけでなくほかの乗客も本から目を逸らし、値踏みするように私の時計を見つめるようになった。

朝の八時近くになると、乗客は黒パンにサラミ・ソーセージ、果物の入った包みを開いて朝食を食べはじめた。中には缶詰を開ける者もいた。私は食べ物もポーランドのお金も持っていなかったので、みんなが食事しているのを見ながら、ここがイタリアだったらよかったのに、あそこなら誰もが同じ車両に乗り合わせた人たちに食べ物を振る舞ってくれるんだがな、と考えた。ポーランド人は黙々と食事をしていた。口を動かしながら顔をあげ、映画でも見ているように集中しているともぼんやりしているともつかない表情で私の時計を見ていた。不快感が顔に出ないようにと車窓から農地を眺めたが、チェコスロヴァキアと違って農業機械は数も少なく、小型で、農民——と言っても大半が女性だが——は大昔からのやり方で畑を耕していた。ワルシャワに着く前に、帽子をかぶった女性が出しぬけにフランス語を話しますかと尋ねてきた。乗客にとって私が返事をしたのは一大事件だった。みんなが本を下においた。敵意はまったくなく、その目には好奇心とほんの少し不安が浮かんでいた。お国はどちらですかと訊かれた。ポーランドの人たちがわれわれ南米人を特別に高く評価してくれているのか、すきっ腹を抱えて死にかけていると思い込んでいるのか、私には見当もつかない。ただ、国名を口にしたとたんに、全員が同じように反応した。つまり、自分の包みを開き、こちらが感動するほど大仰なまでの寛大さで食べるものを差し出してくれたのだ。帽子の女性がジャック・ロンドンを読んでいた男の質問を翻訳してくれた。

「あなたは金持ちですか？」

他の人たちは私がどう答えるか聞き耳を立てていた。私は金持ちでないと答えたが、彼らはがっかりするどころか、嘘だろうという顔をした。そんな金時計をしているのだから、信じられないほどの大金持ちなのでしょうと、帽子の女性が言い張った。私は単に金メッキしてあるだけだと説明した。それを証明するために、ナイフで金メッキの箇所に傷をつけたが、彼女は納得していないようだった。われわれの会話は親しみのこもったものだった。しかし、何が気に障ったのか今もって分からないのだが、私はどうやらミスを犯したらしい。ある瞬間から、ポーランド人たちは自分たちだけで話しはじめた。ビールを飲んだせいもあって私は気分がすぐれなかった。正確に何と言ったのか覚えていないが、彼らが私の言うことにまったく耳を傾けなくなったのだけは記憶に残っている。さらに敵意まで感じとれた。ワルシャワ駅に着くまでは誰ひとり声をかけてこなかった。到着すると、乗客は窓からスーツケースを放り出しはじめた。私は税関職員に言われたとおり、自分の座席から動かなかった。行く当てもなかったのだ。頭の中では、最初に目についたホテルに飛び込み、それから大会の主催者を探そうと考えていた。最後に列車から降りようとした若い女性が、私が席から立とうとしないのを見てびっくりし、ポーランド語で話しかけてきた。一語だけ理解できた。

「ワルシャワよ」

私は身振りで、ここがワルシャワだということは分かっている、だけどここから動かないように言われているんだと伝えた。彼女はふたたびあれこれ話しかけてきた。私が両肩をすくめると、彼女も同じように肩をすくめた。そして、コンパートメントのドアを乱暴に開けて出て行った。

車両から人影が消えると、イタリア人っぽい服装をした、金髪でひどく身ぎれいなポーランド人の青年がまっすぐこちらに向かってきた。彼は少しアルゼンチンなまりのある完璧なスペイン語で私に挨拶をした。ワルシャワの新聞社で南米問題を担当しているアダン・ヴァツラヴェクという記者だった。すでに国境からこちらに私の資料が送られてきていて、来訪するのが南米の人間なら長年アルゼンチンで暮らした経験があり、南アメリカの実情にも詳しい彼が通訳に最適だろうと選ばれたのだ。

ホテルに案内された。車の窓から見ると、だだっ広い空き地がやたら目につくこれといって特徴のない町だが、人だけは多かった。すべてが乾燥しきっていた——ただ、なぜか——何年もの間ずっと雨が降りしきっていたような印象を受けた。文化会館——三十六階建てのクリーム・ケーキのような建物——の前を通った時、アダン・ヴァツラヴェクは《ソビエト連邦からの贈り物です》と言ったが、どうしてそんなことを言ったのか理解できなかった。

感謝の意を込めてのことなのか、弁解するつもりでそう言ったのかはいまだに分からない。その先に五階建ての新しいビルが建っていた。鉄道のすべての車両と西側諸国の領事館に写真が飾られている唯一の建物がそれだった。《国営の百貨店です》と通訳の彼がさりげなく言った。何となく苦しそうな感じがした。少なくとも、われわれが通過した地区には見るべきものは何もなかった。痛々しいほど荒廃していた。《美しい町ですね》と言ったが、自分でもなぜそんな言葉を口にしたのか分からない。おそらく、アダン・ヴァツラヴェクが苦しそうに黙りこくっているのを見かねて、思わずそう口走ってしまったのだろう。《そんなことはありません》と彼が言った。《ここはまだ町といえるような状態に戻っていないんです》。そして彼は町の再建について話してくれた。ナチスがこの町を跡形もなく破壊し尽くしたのだ。その日の朝、アダン・ヴァツラヴェクが運に見放されていたことは認めなければならない。駅からホテルまでの道はもっとも復旧工事が遅れていたのだから。

ブリストル・ホテルに部屋が予約してあり、フロントに三百ズウォティのお金の入った封筒が預けてあった。面倒だったのでドルに換算するといくらになるか計算しなかったが、ポーランド滞在中はそれでちょっとした買い物ができて、不自由することはなかった。アダン・ヴァツラヴェクは私を部屋まで案内すると、いくつか注意事項を伝え、昼食後にまた迎えに上がりますと言った。ビールで悪酔いしていたせいもあるのだろうが、どうも彼は私を監視するよう命令されているような気がしてならなかった。こちらが妙に勘繰りたくなるほど万事順調にいっていた。私は大急ぎで服を着替え、危険は覚悟の上でワルシャワの町を探訪しようとホテルを出た。

沸騰するポーランドを注視して

ワルシャワの群衆は一列縦隊になり、絶えず耳障りな音を立てる台所用品や空き缶、ありとあらゆる金属製の容器を引きずりながら歩道を歩いている、というイメージがしばらく頭から離れなかったが、やがて、悪夢のようなその光景を客観的に理解できるようになった。ワルシャワには車がほとんど走っていない。定員過剰で左右に危なっかしく揺れる、改造した古い路面電車が見当たらない時は、木々の植わった広々としたマルシャウコフスカ大通りの歩道が歩行者で埋め尽くされる。しかし、みすぼらしい身なりのその密集した群衆は買い物するでもなく、店先で思い思いにウィンドー・ショッピングを楽しみながら歩道を巡り歩く習慣がある。彼らは車が走っていなくても道路に広がろうとはしないので、一列縦隊で歩いているように見えるのだ。車のクラクションも大きなエンジン音も、物売りの呼び声もない。聞こえてくるのは、群衆の物音、台所用品や空き缶、ありとあらゆる金属製のガラクタの絶え間なくぶつかる音だけである。

地区によっては、拡声器を積んだトラックがポピュラー・ミュージックや、とりわけ――

こちらでもやはり――南米の音楽を流しながら走っていて、意外な感じがする。しかし、条例で定められているだけで、住民の意向を無視したそうした陽気な音楽に人々は冷ややかな反応しか示さない。生活は厳しく、これまで大きな災厄に見舞われ、国内にもさまざまな問題を抱えて苦しんでいることは、一目で見て取れる。東ドイツと同じで、ここでも店にはほとんど商品が並んでいないが、書店だけは別である。豪華で清潔な、驚くほど近代的なその店舗は大勢の人でにぎわっている。ワルシャワは本であふれ、価格も信じられないほど安い。人気作家は何といってもジャック・ロンドンである。朝の八時から開放されている読書ルームがあちこちにあり、いつも満員である。しかし、ポーランド人はそういう場所を使うよりも、日々の暮らしの空いた時間に本を読む習慣がある。路面電車が来るのを待ったり、生活必需品を買ったりするために列を作って並ぶ――一日中そうして並ばなければならない――時、ポーランド人はまるで信心深い人のように本や雑誌、政府の宣伝パンフレットを読んで、物思いにふける。

大勢の人たちは通りで何をしているのか。ポーランドでは失業がさほど大きな問題でないことはよく知られている。やはりほとんどの人がウィンドー・ショッピングを楽しんでいるとしか見えない。国営の商店には新たに仕入れた品物が並んでいるものの、どう見ても中古品らしく、価格も高い。店の前にはドアが開く前から押すな押すなの人、人、人が待っている。私はワルシャワでもっともよく写真に撮られている例の百貨店に足を向け、詰めかけた客たちと一緒にエスカレーターで上り下りしてみた。その時、人々が百貨店の中をぐるぐる回って、手ぶらで帰っていくことに気がついた。何かを買おうにもお金が足りない、そう納得することが人々にとっては一種の買い物なのだ。

ローマと同様、ここでも群衆に混じってかなりの数の聖職者と尼僧を見かける。政治講演会や文化的な集りはもちろん、書店を覗くと、ぞっとするような口ひげを生やしたスターリン［一八七九―一九五三。ソ連の政治家。独裁権を掌握して、数々の大粛清を行った］の写真が表紙の雑誌を繰っている僧服の人たちを見かける。マルシャウコフスカ大通りで電球の王冠で飾られ、足元にオイル・ランプが二つともされているキリスト像を目にした時は度肝を抜かれた。通行人の中には、その像の前で足を止めて十字を切る者もいた。そのうち社会主義国の首都に飾られている聖像に慣れてしまった。作られたばかりの聖母の像もあちこちに見られる。また、大聖堂は市内で最初に再建された建造物のひとつである。教会はどこも二十四時間開放されていて、通りから、共産党書記長にヴワディスワフ・ゴムウカを選んだ選挙人たちが、キリストの前にひざまずいて両腕を広げている姿が見える。観光客としてワルシャワの大聖堂を訪れて帰ろうとした時、大聖壇の前で大きな声でお祈りをあげていた老婆が、われわれ使節団一行が通りかかると急に立ち上がって、何かいただけないかと言った。その老婆が鉄のカーテンの中で私が目にしたたったひとりの物乞いだということは言っておかなければならない。

いたるところに深刻な貧しさが垣間見える。東ドイツやハンガリーよりも事態は深刻のようだが、ポーランド人のいいところも目に付く。長期にわたって窮乏生活を強いられ、戦争によって国土が荒廃し、再建に必要な費用の捻出と統治者の失政によって苦しめられてはいても、国民はなんとか誇りを失わずに生きていこうとしている。言葉にできないほど貧しい暮らしの中でも、少なくとも東ドイツと違って反逆心をもって貧困に立ち向かおうとしていることが見て取れる。古着を身につけ、底のすり減った靴を履いていながら、ポーランドの人たちはこちらが思わず敬意を払いたくなるほどの尊厳を保っている。

ワルシャワ再建のために、国民はかつてない大きな犠牲を強いられている。現在のユダヤ人街は、まるで肉屋の作業台《テーブル》のように真っ平らな更地で、建物はひとつも残っていない。同じくワルシャワの町の中心部も、長らく解放された日の朝のままだった。市は消滅し、ポーランド人の姿も見当たらなかった。町に残った人たちは——帰国した人たちの助けを借りて——石をひとつずつ積み上げるようにして再建に取り掛かった。町は一度破壊され尽くしたが、人々はすさまじい執念と、ポーランドの騎兵隊がヒトラーの戦車に槍ひとつで立ち向かったような恐るべき大胆さで町の再建に取り組んだ。最初は紙の上で、つまり地図、写真、歴史的資料をもとに町を再建していった。ついで、再建される新しい町が昔の町と寸分違わないものになるよう、学者の委員会が監視の目を光らせた。中世の城壁を作り直すには、何世紀も前に忘れ去られた製法で特殊なレンガを作らなければならなかった。

写真をもとに再建されたこの町には奇妙な印象を受ける。中世の狭い路地からは塗ったばかりのペンキの匂いがしてくる。四百年前の建物の正面はまだ完成していない。足場の上を走り回っている一九二五年生まれのペンキ職人たちは、次の日の朝になれば四百年の歳月を経た城壁に見えるように、忘れ去られた技法とペンキの製法を考え出さなければならない。こうした途方もない事業を、パンと靴が支給されるだけで、彼らはやってのけてきているのだ。

建築学的な統一を図ろうとしていたワルシャワに想定外の建物がひとつ建造された。モスクワの教育省の建物を忠実に写した文化会館がそれで、ソビエト連邦からの贈り物だった。ポーランド人――彼らにロシア人の話をすると堰を切ったように悪口を言いはじめるので、うかつなことは言えない――は、いずれあの会館をダイナマイトで爆破するだろう。ポーランドに一言の相談もなく、そんな建物を建設させたのはスターリンで、彼はワルシャワでもっとも大きな広場に自分の名前を付けたこの国の統治者たちへの返礼の意味を込めてこれを寄贈したと伝えられる。現在広場は文化広場と呼ばれているが、その広場に面し、宮殿のように豪華で、てっぺんに赤い星をいただいた文化会館は、今でもスターリンをしのばせるものとしてそびえている。モスクワのワシリイ大聖堂のようにばかでかくて人気のないこの建造物の中に一歩踏み込むと、たちまち方角が分からなくなるが、講演会場、劇場、映画館、文化団体の本部などなどが入っている。夏の土曜日の夜になると、政府が市内各所に設置した拡声器からすさまじい音量でジャズが流れてきて、若い人たちはそれに合わせて真夜中の一時まで踊る。《われわれの努力は水泡に帰しました》と市の再建に携わった歴史学のある教授が私にこぼした。《文化会館のせいで、われわれが受け継いできた伝統が台無しになったのです》。

ポーランド人の中には、あの建物を贈り物だと考えていない人たちもいる。彼らは、以前の統治者たちがスターリンにへつらうために建造したと考えている。贈り物だと認めている人たちも、べつの理由でロシア人に恨みを抱いている。というのも文化会館が建設された時期、ポーランド人は瓦礫の山と化した建物の片隅でネズミのように息をひそめて暮らしていたのだ。ポーランドが住む場所も失って苦しんでいるというのに――その状況は現在でもあまり変わっていない――、ソビエト連邦がなぜやたら金のかかる無用の長物を恵贈したのか理解できずにいる。ゴムウカが書記長の地位につき、この国が表現の自由を獲得して以来、文化会館に対する集団訴訟がはじまり、それは今も決着がついていない。数週間前、ある声明の中でゴムウカに対して次のような質問がぶつけられた。《文化会館がソビエトの恵贈だというのは本当ですか?》。ゴムウカはそれに正面からは答えず、悪意のこもった声明の意図を見越してこう答えた。

「もらいものに難癖をつけるな、という言葉もあります」

ある夜、ホテルにアダン・ヴァツラヴェクからメッセージが届いた。てっきり講演会に招かれたのだと思って、食事もとらずにタクシーに飛び乗った。行先の住所を見せると、運転手はワルシャワ郊外にある木立に囲まれた薄暗い建物の前で何も言わずに私を下ろした。そこでは正式のパーティが開かれていた。私はジーンズ姿だったが、民衆的民主主義の国では服装を気にせずにこういった席に出られると聞いた覚えがあったので、ブルジョワ的な気遣いはしないことにした。三年前、ソビエトの使節団がヴェネツィアの映画祭にやってきた時、エクセルシオール・ホテルでレセプションが行われ、ジャーナリストも招待されたが、夏服姿で出席しようとした人たちはお仕着せの制服を着たホテルの従業員に入り口で追い返された。《モスクワならどのような服装でも入場できるのですが》と関係者のひとりが言った。《ここでは正装する決まりになっていて、われわれとしてもこの国の慣習を無視するわけにはいかないのです》。私は社会主義国においては原則として服装は気にかけなくていいと思っていたのだが、まずいことにワルシャワでは違った。男性は黒の正装に身を固め、ご婦人方はフランスの雑誌から抜け出してきたような服装をし、宝飾品で飾り立てていた。

今さらホテルに戻るわけにいかなかった。アダン・ヴァツラヴェクが気にされることはありませんよと何度も言ってくれたので、私は長いテーブルを囲むようにして座っているほかの招待客と一緒に席に着いた。テーブルにはたくさんの料理と共にアルコール度数四十六度と聞くポーランド産の恐ろしく強いウォッカの瓶が林立していた。男性たちはご婦人方の手にキスをしていた。その様子を見ているうちに、ご婦人たちが外国人にも同じようにしてもらいたいと思っていることに気がついた。ポーランド人のグループがフランス語でしゃべっているのが、何となく不自然な感じがした。彼らは躍起になって自分が誰よりもフランス語がうまくて、話の内容も気が利いているところを見せつけようとしているように見えたのだ。

しばらくして没落貴族の集まりかと思われるその場に、民衆的な感じのする一団がいることに気づいた。彼らはパーティに招かれた客たちを送迎する公用車の運転手で、ほかの客から少し離れたところにいた。私がそのグループに加わったのは、貴婦人の手にキスをするポーランドの風習が肌に合わなかったからではなく、ジーンズに夏用の開襟シャツ姿でそのような行為に及べば、歴史的伝統を踏みにじることになると考えたからだった。運転手たちは私たちと同じ、つまり世界中どこにでもいる運転手と同じ服装をしていて、私は打ち解けた気分になった。ウォッカを三杯以上飲めば誰でもそうなるものだが、私は流暢できれいなポーランド語を操って彼らの会話に加わった。

アルコールがまわりはじめると、座はくつろいだ雰囲気になり、運転手たちもご婦人方の手にキスをし出したので、私もせざるを得なくなった。あとで気がついたことには、ご婦人の手にキスをするのは旧資産家階級の悪習ではなく、あらゆる階層のポーランド人が共有し、大切に守っている習慣なのだ。すべての人に同一の権利を与えた社会主義がすべての人の可能性を広げ、今では私や運転手もご婦人方の手にキスできるようになった。ワシントンの議会図書館の代表として訪れていたウェッブス大佐は、旅行の際はつねに替えの下着を二組詰め込んだパンアメリカン航空［一九二七年に創設されたアメリカの代表的な航空会社。経営不振で一九九一年に倒産］のブリーフケースを持ち歩くような人で、その大佐がパーティの最中に困ったような顔で私のそばに来ると、《ご婦人方の手にキスをしなければならないと知っていたら、気管支肺炎だと言ってベッドから出なかったんですがね》と言ったのが、今も忘れられない。

しかし私には、宝飾品で飾り立てたご婦人方と爆音を立てて走る車の運転手とが同席できるのはウォッカを三杯以上飲んでからだという気がしてならなかった。閉鎖的な保守主義の町として知られるクラクフ［十七世紀はじめまでポーランドの首都だった、南部にある古都］に今も住んでいる古くからの貴族階級の人たちは、個人の邸宅に労働者階級の人たちが押し寄せてくるのを防ごうと躍起になっている。貴族階級の中には政府に協力している人たちもいる。何かのレセプションに顔を出し、ザコパネ［ポーランド南部の避暑地］の靴屋の息子で今では大臣になっている人物、あるいはクレーンとともに鉱山の底から這い上がってきた実業家と顔を合わせると、露骨に嫌な顔をするし、労働者はいまだにおどおどした態度をぬぐい切れずにいる。

ブリストル・ホテルのレストランはそれほど値が張らないので、専門職に就いている労働者なら足を向けることができる。土曜日の夜になると、彼らはラメの入ったピンク色のドレスを着た奥さんを伴ってテーブルにつくが、手持無沙汰で当惑している。タキシードで正装したオーケストラが演奏するワルツに合わせて、時々テーブルをコツコツ叩きはするものの、ナプキンがきちんと置かれた店の雰囲気になじめず、居心地悪そうで、シャンパンの栓を抜くポンという音が聞こえるたびに、椅子から飛びあがる。かつての大金持ち連中は陰でくすくす笑いながら外国人をつかまえて、労働者の劣等感は抜きがたいものですから、革命が一般の人たちにいきわたるとはとても考えられないんですよ、とささやくように言う。

さて、パーティが終わりかけた頃、ひとりのポーランド人がひどく苛立った様子で運転手たちに何か言いつけた。私にまで同じことを言ったので、運転手たちが大笑いしたところを見ると、さぞ特殊な指示だったのだろう。私がポーランド語を話せないと気づいてわれに返り、目を凝らして私の服を見つめたあと、ポーランド人とロシア人しか持ち合わせていないあの熱情をこめて私を抱擁し、《あなたは本物の共産主義者だ、同志》と言うと、気取られないようにしながら、さも軽蔑したようにパーティに集まった人たちを見渡した。「あの連中は違う」と付け加えた。「あいつらは現在の状況に合わせてもっともらしい顔をしているか、ほかに何もできないからああしているだけなんだ」。

芸術関係の雑誌の編集長だという彼は、その場でコロンビアのポピュラー・ミュージックについて私にインタビューをした。数日後、彼の名刺と、謝礼として二百ズウォティが入った封筒がホテルに届けられた。数週間後、国境に着くまで私は謝礼のことを忘れていたが。

ハンガリーの使節は、腎臓に痛みを抱えた、よぼよぼのクマのような老人だった。名前がアンドレア［キリスト十二使徒の一人の名前。アンデレ］だったので、私はそれを種に軽口をたたいた。彼はイタリア語を少し話せた。テーブルでは隣り合わせの席になった。どこへ行くにも、控えめで感じのいいハンガリー人の若い男が付き添っていることに気づいた。四カ国語が話せる青年は通訳としてふるまっていたが、それが本職のようには思えなかった。ある夜、タイプライターが必要になったので、アンドレア――アンドレア氏――に貸してもらえまいかと頼んだ。氏が通訳の青年に相談すると、いいでしょうと答えたので、ホテルの氏の部屋まで一緒に行った。フロントでパスポートを見せていただけますかと言われたが、通訳の青年が預かっており、氏の手元になかった。氏と二人きりになると私はすぐに、どうしてパスポートを携帯しておられないんですか、と尋ねた。すると七十五歳のアンドレア氏は、君は共産主義者ではないのかね、と子供みたいな質問をしたあと、事実を話してくれた。案の定、通訳は刑事だった。自国ではフィルム・ライブラリーの権威者として知られ、公務についてもいるアンドレア氏に疑惑の目を向けているハンガリー警察は、ワルシャワに氏を派遣するに際して刑事を同行させた。老人がパスポートを使って鉄のカーテンの向こう側へ逃亡しないよう監視するために。上からの信頼篤い生真面目な若い刑事は、タバコ代を氏に渡す時でさえ、自分の祖父だといってもおかしくない老人に、まるで赤ん坊をあやす母親のようなやさしい心遣いを見せた。

ポーランド滞在中、警察の統制で記憶に残ったのは、ポーランドとは関係ないハンガリーの老使節のその一件だけである。むしろポーランドでは、誰もが政府に対して好き放題が言えるのに驚かされた。ゴムウカだけは別格の扱いをされているが。ある学生が脚本を書き、実験的なグループが文化会館で上演中の芝居では、大臣たちが実名で風刺されていた。

若者たちの突き上げの激しさで知られるソビエト連邦でさえ、ポーランドの青年たちほどではない。東ヨーロッパのどの国よりも激烈、というかヒステリックである。チェコスロヴァキアとは対照的に、ポーランドの学生は政治に積極的にかかわっている。学生の発行するすべての新聞、雑誌――ゴムウカが権力の座についてからは、毎月のように新しい刊行物が発行されている――は政府の施策のすべてに直接干渉している。大学はまさに火薬樽である。目に余る状況になったために、《ポ・プロストゥ》*新聞社は政府の手で閉鎖された。何をどこから発行してもいいとされていた出版の自由のおかげで、わが世の春を謳歌していた学生たちにとって、この閉鎖が与えた精神的打撃は大きく、民衆が激しいデモを行うようになった。（*《ポ・プロストゥ》をスペイン語に訳すと「直言 Franco-hablador」となる。これは「狙撃兵 francotirador」をもじったものである。）

書店数の多さ、廉価な本、ポーランド人特有の読書熱、等々がこの国の学生運動と深くかかわっていると見ても、短絡的だと批判されはしないだろう。ハンガリーのある共産主義者は、《ポーランドは民衆的民主主義の国ではない。フランス文化の植民地であり、彼らが行ったのはフランスの影響に立ち返るべく、ソビエトの影響をかなぐり捨てることだった》と言い放った。その点、ハンガリー人はうまく立ち回っている。一方、ポーランドのある共産主義者は、《ハンガリーの共産主義者たちは自ら進んでソビエト連邦の奴隷になり下がり、反マルクス主義の悪徳をすべて兼ね備えた教条的なセクト主義者と化している》と批判した。ポーランドの共産主義者がブダペストでハンガリーの共産主義者を抱擁してこう言った。《われわれは十月にハンガリー国民が行った素晴らしい革命［一九五六年のハンガリー動乱を指す。ガルシア＝マルケスはその一年後にポーランドを訪れている］に感動している》。するとハンガリー人は血相を変えて怒り出し、《あれは革命ではない》と反発した。《反動による武装反革命だ》。これらはあくまでも二国間の見解の相違だが、ことチェコスロヴァキアについては、両者の見方は一致する。《チェコ人は》と口をそろえて言った。《物を売ることしか考えていないんだ》。しかし私の見るところ、強固な民衆的民主主義国はチェコスロヴァキアだけのように思われると告げると、《あれは民衆的民主主義国でない》と両者ともに反論してきた。さらにそれが本当なのか、私を味方に引き入れようとした作為なのかは分からないが、チェコスロヴァキアはローハス・ピニーリャ［一九〇〇―七五。コロンビアの政治家、独裁者。一九五三―五七年大統領職］に武器を売っているんだと彼らは主張した。

このように東欧諸国には考え方の違いがあるにせよ、今の東側諸国で西側を向いているのがチェコスロヴァキアとポーランドだけであるのは間違いない。前者はソビエト人とそつなく付き合いながら、左右を問わずさまざまな国と良好な関係を結んでいる。つまり西側のすべての国と商取引をしているのだ。民衆的民主主義の国でコロンビア領事を置いているのはあの国だけだ。プラハの電話帳には領事館の番号は掲載されていないにしても。一方のポーランドは平気な顔をして西側を向き、ロシア人には敵対的な態度をとっているものの、それはあくまで文化的な側面に限られる。この国ではフランス語教育が伝統的に家庭で行われている。かつてフランスに移住した経験のある労働者の家庭では、子供たちが学校でポーランド語の教育を受ける前に、家でフランス語を教え込まれる。ワルシャワの公的機関なら、どこでもフランス語が使われている。

自国で人気のないフランスの作家——とりわけハンガリー動乱がもとで党を離脱した共産主義者の作家たち——はポーランドでこの上ない読者を得た。少し前に、パリのある新聞が見出しに《フランスの左翼が考えていることを知りたければ、ワルシャワの新聞を読むべし》と書いた。サルトルが最近書いたいくつかの論文は、フランス語よりも先にポーランド語で印刷された。ワルシャワの新聞でフランスの代表的な作家たちとポーランドの作家たちの多くが白熱した議論を戦わせたことは、パリでは報道されていないが。

ポーランド人はいったい何を求めているのだろう？　彼らは屈折していて、扱いにくく、女性のように疑り深い上に、頭のいいところを見せたがる。今置かれている状況は、彼らの生き方の相似形である。党の書記長ゴムウカは国民的ヒーローなので、誰も批判の矢を向けない。しかし、私の出会った多くの人たちは政府に不満を抱いている。政府から独立した報道機関――閉鎖された《ポ・プロストゥ》のように共産主義的な――の中には、きわめて純粋なマルキシズム理論にのっとって現体制を批判するものもある。社会主義が必要であると認めつつ、現在政権の座にあるグループの担当能力を真っ向から否定している。国家が置かれた現状を把握していないと政権を批判する当の人たちがストライキやデモを組織し、国の経済状況を考えればどうにも無理な要求をして、路上で警官隊と衝突するよう仕向けている。

反ソビエト主義で国民の意見は一致している。国民投票できわめて高い支持を得たゴムウカは、モスクワを訪問した。ポーランド人は、ゴムウカはおそらくクレムリンで身柄を拘束されるだろうと考えた。ロシア人は何を仕出かすか分からないと思い込んでいるのだ。無事帰国したゴムウカは、当面ソビエトの軍隊がポーランドを焦土と化すことはないと伝えた。とたんに、彼に投票した多くの人たちが彼を敵視するようになった。《ソビエト連邦では事態が変化した》とゴムウカは労働者とのインタビューで発言した。《秘密裁判と大量処刑の時代は終わったのだ》。その言葉に耳を貸す者はなかった。だからと言ってポーランド人がアメリカの肩を持つようになったわけでもない。私が話を聞いた人たちの意見から判断するに、彼らはソビエトを嫌うのと同様、アメリカも嫌っている。あなた方は何を望んでいるのですかと、多くのポーランド人に尋ねたところ、《社会主義だ》と答え返してきた。どうやら彼らは段階を踏まず、すぐにでもそれを手に入れたいと思っているようである。政治的名声の頂点にいるのは、ゴムウカとヴィシンスキ枢機卿である。カギを握っているのがこの二人であるからには、国全体がいずれ身動きの取れない状況に追い込まれる可能性がある。以前の体制は宗教教育を廃止し、枢機卿を僧院に幽閉して監視下に置いた。また表現の自由、ストライキ権、大衆主導型の社会主義の構築を廃止した。つまりモスクワの言いなりになるグループによる独裁制が敷かれたのである。国家警察が恐怖による秩序維持を図った。もっとも人気のあったヴワディスワフ・ゴムウカは監獄に送られた。大衆の圧力で釈放され、人々に肩車されて共産党の事務局まで運ばれたゴムウカは、手はじめに国家警察を解体し、その組織が行った犯罪行為の責任者を裁判にかけた上で、枢機卿を釈放した。実はゴムウカと枢機卿は面識がなく、写真でしか互いの顔を知らなかった。ポーランドの首座大司教ヴィシンスキはあちこちの説教壇からカトリック教徒に、共産党の候補者に投票するよう呼びかけたが、これは前代未聞の出来事である。そのためヴァチカンとの間で軋轢が生じた。一方、ゴムウカはソビエト連邦と自国の党の強硬派とトラブルを引き起こしても、かまわず宗教教育を従前の形に戻した。おかげで国民も、ゴムウカも、ヴィシンスキ枢機卿も自分の立場をそれぞれに固めることができた。そしてどうなったか？　多くのポーランド人はカトリック教徒であると同時に共産主義者である。したがって、土曜日に細胞（末端組織）の集会に、日曜日に荘厳ミサに出かけることになったのである。

われわれはクラクフへ旅することになったが、その旅に――あらゆる意味で早熟な――二十歳の看護婦が同行した。その女性、アナ・ゴズウォフスキは共産主義青年同盟とカトリック活動を行うある運動の双方に積極的にかかわっている。十四時間ほどの旅の間、私はどうすれば二人の主人に同時に仕えられるのか聞き出そうとした。彼女は共産党員としての活動とカトリック教徒としての活動とを明確に区別できなかった。特定の状況――つまりポーランドの状況――において、この二つは同じ目的を目指していますと言った。私は、マルキシズムの授業と宗教の授業の、どちらでそうした考えを身につけたのか尋ねてみた。《どちらでもありません》と驚くほど確信ありげに彼女は答えた。《ポーランドの経験の中で学んでいるのです》。

アナ・ゴズウォフスキの言葉を紹介したのは、この国の現状を物語る決定的な証言としてではなく、興味深いひとつの実例としてにすぎない。ポーランドの経済情勢が劇的なまでに好転している中、人々はマルキシズムの教義上の微妙なニュアンスをどうとらえていいか分からず困惑しているようである。彼らが激烈な口調で単純この上ない理論を披歴しているのを聞いていると、火薬が爆発したのではないかと思えるほどである。感情が高ぶれば髪の毛を掻きむしり、熱っぽく確信ありげにこう叫び立てる。《われわれがどこへ向かおうとしているのかを知っているのはわれわれだけだ》。私の通訳のアダン・ヴァツラヴェクはより明確な考え方をしていた。ある時、私と彼はたそがれ時のヴィスワ川［ワルシャワの中心部を流れるポーランド最長の川」を眺めていた。町はずれの工場の煙突から炎が上がっていた。アダンは激しい熱情をこめてポーランドの現状について語り、そこにはいくぶん悲壮感が漂っていた。《西側の共産主義者のせいで、とんでもない先入観が生まれましてね》と彼はきっぱりした口調で言った。《ここを、まるで天国のようだと書き立てたのです。おかげで、外国人が勘違いしてやってくるものですから、実のところ毎日の生活では片時も気を抜けないのだと分かってもらうのに苦労しています》。彼は遠くの工場の炎をじっと見つめた。《ですが、まだ道半ばなのですよ。あと十年平和な時代が続いてくれれば、自分たちの力で何とか戦乱を阻止できるのですが》。このような明快な考えを抱いている人はほとんどいない。ワルシャワをはじめ、モスクワ、ブダペストでポーランド人と話をしたが、彼らは一様に困惑しているように思われた。

クラクフは外観からして保守的な感じがする。公道の自由な雰囲気でさえ、どこか僧院めいたところもある。あの町はカトリックの牙城なのだ。アナ・ゴズウォフスキは、家族という狭い世界の中でしつけられたクラクフの学生は社会主義に抵抗を感じている、と私に話してくれた。外国の使節団が町を訪れたニュースはあっという間に町中に広まった。夜の九時には、ホテルの正面玄関はサインをもらおうとする子供たちで埋め尽くされた。使節団のひとりが派手なマフラーをターバンのように頭に巻き付けていたので大騒ぎになった。二時間後、通りから人影が消えた。けばけばしい化粧をした数人の年取った売春婦がホテル前の狭い公園をうろついていた。通りで見かけた何人かの男たちは、いかにもポーランド人らしくべろべろに酔っぱらっていた。それを見てアナ・ゴズウォフスキは、ポーランドにおけるアルコール中毒症は現在の体制とはなんら関係ない、あれは昔からのポーランド国民の伝統なのだ、と必死になって私に説明した。しかしゴムウカは彼女よりも事態を深刻にとらえていて、しばらく前にウォッカの価格を三十パーセント引き上げている。

時代の変化に取り残され、前世紀のままの姿をとどめているキャバレーにわれわれは足を向けた。フラシ天の装飾は色褪せ、家具は古び、若い世代の知らないダンス曲を演奏している楽団員も楽器も時代がかっている。消毒薬の強い臭いがした。店全体は清潔だったが、何となくほこりっぽかった。緑色のフラシ天のズボンに、同じ素材の派手な上着を着たウェイターがポーランド語で話しかけてきた。アナが通訳してくれたところでは、ネクタイをしていないので給仕できない、とのことだった。ウェイターは私が外国人だと気づき、フランス語で詫びを入れると、ポーランド人のお客様の場合、身だしなみには重々気を付けるようにとお願いしております、《と申しますのも、労働者の方々が仕事着姿で来店されては困りますので》と釈明した。若い人の姿は見当たらなかった。八十歳くらいの老人が、太った体を花柄のドレスに無理やり押し込んだ女性とポルカを踊り、ほかの客たちから拍手を浴びていた。私は精いっぱい頑張ってダンスをしようとしたのだが、アナも踊り方を知らなかった。彼女は、若い世代のポーランド人は新しい音楽、特にジャズくらいでしか踊れないんですと弁解した。音楽が演奏されている間に話をした女性は私をじろじろ見つめ、さも興味ありげに観察していた。あなたはメキシコ人なのと尋ねてきた。アナが、ええ、そうですと答えると、その女性は、だったら拳銃を持っているんでしょうねと言った。

「気をつけないといけないわよ」と付け加えた。「この方に、ポーランドでは楽団員に向けて銃を撃つことは禁止されている、と教えてあげて」。

朝の五時に、われわれはアウシュヴィッツ強制収容所に向かって出発した。アメリカ合衆国の使節のひとりであるウェッブス大佐は、ドイツ人の行った科学的大虐殺を思い起こさせる場所へは行きたくないと私にこぼした。死体焼却炉は見せないという条件で、ようやく彼はバスに乗り込んだ。アナは少し遅れてきた。バスに乗った彼女は、その日ウェッブス大佐と私が着ていたワイシャツを穴のあくほど、何も言わずに見つめた。大佐が席を譲ろうとしないので、彼女は私の隣に座った。そして私のワイシャツをさらにしげしげ見てから言った。

「それが有名なナイロンなんですね」

彼女を喜ばせようと、ホテルに戻ったら進呈すると言った私は、彼女の眼を見て余計な言葉だったかなと思った。《そのシャツは男物でしょう》に続けるでもなく彼女は言った。《私たちがナイロンを製造するにはあと五年はかかるでしょうね》。ポーランドがナイロンを製造すれば、もっと安くて質のいいものが手に入るようになると、彼女は断言した。その一方で、ナイロン製品を身につけないことが国民の自尊心の表れでもあると考えていた。青年同盟のフェスティバルが開催された際、ポーランドの若い女性たちがナイロンのシャツや腕時計を売ってもらおうと、西側の代表団にわっと群がった様子を腹立たしげに話してくれた。そういう考え方は多分に愛国主義的じゃないかな、と私が言うと、彼女は肩をすくめて言った。

「そうかもしれませんね」

アウシュヴィッツ強制収容所の果てしなく続く鉄条網は手つかずのまま残されていた。ドイツ人がダイナマイトで爆破する時間がなかったのだ。ウィーンから数キロ［実際には百数十キロ］離れたところにあるマウトハウゼン強制収容所には、地下壕から収容所まで千二百段の目のくらむような石の階段［収容所隣接の採石場の底から被収容者たちが切り出した石を背負って登らされた百八十六段の石段のことであろう］がついている。そこと比べてもアウシュヴィッツの方がより強烈な印象を与える。ワイマールにあるブーヘンヴァルト強制収容所はダイナマイトで破壊されたので、見学者はガイドの説明を聞きながらどんなところだったか頭の中で組み立て直さなければならない。アウシュヴィッツでは、元の場所から何ひとつ動かされていなかった。焼却炉は互いにつながっている三つの部屋のいちばん奥にある。最初はシャワールームで、十二のシャワーがつけられた小さな部屋になっている。かつて国際赤十字の使節団が強制収容所を視察した際、ナチス党員は犯罪行為の痕跡が残っていないそれらの部屋を見せて、ここは衛生施設だと説明した。不思議なのは使節団の一行が、部屋に排水管が通っていないと気づかなかったことである。シャワーから水が出るわけがなかったのだ。ヒトラーの財政状況が好転し、巨額の資金を投下できるようになるまで、そこからは毒ガスが噴き出したのだ。その後、焼却炉とシャワー設備が連結され、シャワーから焼却炉の煙が噴き出すようになった。残りの二つの部屋は冷蔵室になっている。ある時期、ナチス党員は一日二百五十人の人間を処刑した。もはや焼却炉では対応しきれなかった。冬場でも、遺体は焼却が行われるまで煉獄のような冷蔵室に放置された。焼却炉とパン焼き釜の違いは、扉が鋼鉄で補強されているかどうかである。アウシュヴィッツには、今でも遺体を焼却するのに使ったストレッチャーが残されている。焼却には一時間かかった。その間、焼却炉の担当者は、若鳥がこんがり焼き上がるまでご婦人方がカード遊びのカナスタをするように、ポーカーで時間をつぶした。遺体を焼却するときに出る煙は、シャワー用の配管を通って別室に送り込まれ、さらに十二人の人間を窒息死させることができた。違いと言えば毒ガスか煙かだけだった。三人の遺体があれば、十二人の遺体を新たに生み出すことができ、死者の数は等比級数的に増加していった。

私はドイツ人の使節がどういう反応を示すか注意深く見守った。〈青髭〉［ペローの童話に登場する人物で、何人もの妻を殺害した］のような真っ赤なひげを生やし、いつも火の消えたパイプをくわえている物静かな男だった。彼は通訳の説明にどこか天文学者のような態度で耳を傾けていた。ドイツ人特有の態度だ。そのドイツ人は、ナチズムの犯した身の毛のよだつような残虐行為について説明を受けても、眉ひとつ動かさなかった。ドイツ人にどのような話をしても、動揺したり、釈明したりはしない。その後、ブダペストで興味深い情景を目にした。あるハンガリー人が戦略的な場所の説明をしながら、ヨーロッパ一の橋と言われるドナウ川にかかるエルジェーベト橋をナチスが爆破したことを話した。ある男が軽率にもドイツ人の使節に、あなたはどう思われますかと尋ねたところ、彼は《嘆かわしいことです》とそっけなく答えた。ブーヘンヴァルト強制収容所ではドイツ人のガイドがわれわれに、《不幸なことにわれわれは大量虐殺でさえ科学的に行おうとするきらいがあります》と言った。ドイツ国民は、驚くほど真情にあふれ、明るく社交的で、スペイン人と同じくらいもてなし好きな上に、ソビエト連邦の人たちと同じように寛容なところがある。そんな彼らがどうしてあのような強制収容所を作ったのか理解できなかった。実際に強制収容所を訪れてみて、ますますドイツ人が理解できなくなった。

ナチスの戦慄させられるような科学偏重主義は、アウシュヴィッツにおいてもっとも端的に現れている。ヒムラーのもとで働く医師たちがユダヤ人を対象に不妊手術を行った手術室は完璧で非の打ちどころがない。人体の各部分を使ってさまざまな品を作り出す実験室は手つかずのまま残されている。一方の扉から生きた人間が送り込まれ、もう一方の扉から遺体がバラバラに分解されて運び出された。それは原材料に変わり果てた人間だった。皮膚は皮製品に、髪の毛は織物に、脂肪から二次的産物が作り出され、それで産業を興したのだ。私はオーストリアで花飾りのついた大きな化粧石鹼を見たことがある。それを見て、あの石鹼は叔父の体から作られたものだと考える人がいたとしても不思議ではなかった。アウシュヴィッツにはこうして作られた製品を展示している部屋があり、それを見るとそのおぞましい産業が将来有望な市場を開拓する可能性を秘めていたようにさえ思われる。人間の皮膚で作ったスーツケースは素晴らしい品質を誇っている。人間の体の一部がいろいろなものに役立つことは分かっていたが、まさかスーツケースまで作れるとは夢にも思わなかった。

ポーランド人は数字を列挙しない。ただ示すだけである。そこに並べられているものを目にし、説明書きを読んで、自分で計量しなければならないと知って、誰もがマラパルテ［クルツィオ・一八九八―一九五七。イタリアの作家。ヒトラーとファシズムを批判した『クーデターの技術』、ナチス支配の暗い時代を描いたルポルタージュ小説『カプート』――邦訳タイトル『壊れたヨーロッパ』――の作者として知られる］に助けを求めなければならないと気がつく。陳列室にある大きなガラスケースは天板まで髪の毛で埋め尽くされている。ある部屋は、靴、衣服、手でイニシャルを刺しゅうした小さなハンカチ、囚人たちがこの狂気のホテルに持ち込み、まだ観光ホテルのラベルが貼ったままになっているスーツケースがぎっしり詰め込まれている。ある部屋にはすべり止めに取り付けられたかかとの金具がすり減った子供の靴、通学用の白いブーツや強制収容所の中で小児まひの体で何とか生き延びようとして子供たちが使った長靴形の水差しが並んでいる。巨大な大広間には人工装具、つまり何千もの眼鏡、入れ歯、ガラスの義眼、義足、ウールの手袋がついている義手など、欠如した体の一部を補うために知恵を絞って考え出されたありとあらゆる装具が展示されている。

黙りこくったまま陳列室を通り過ぎていく人たちから私は離れた。言葉にならない怒りがこみあげてきて涙が出そうになった自分の感情を抑えようとしたのだ。奥行きのある廊下を進むと、そこの壁には——国籍不明の一万三千人を含めて——犠牲になった人々の写真が飾られていた。それらの写真は、収容所から救い出された人たちが文書保管所から取り戻したものだった。一枚の写真の前にアナ・ゴズウォフスキが立っていた。それには髪の毛をそり落とされた性別不明の人が、カメラをにらみつけて写っていた。

「これは男性、それとも女性なのかな?」と私は尋ねた。

アナは私の方を見ないで、やさしく扉の方へ引っ張っていった。

「男性よ」と彼女は答えた。「あれは私の父です」。

ワルシャワでの最後の夜、アナ・ゴズウォフスキに連れられて行ったあるホテルで、メキシコのインディオであるエミリオ・フェルナンデス〔一九〇四—八六。俳優、映画監督〕の映画の宣伝用に作られた素晴らしいポスターを見せてもらった。それらはいったん若手画家に委託されたあと、オリジナルは現在、博物館に収蔵されている。ぼさぼさの髪をした大勢のポーランド人もやってきた。彼らは激烈な議論を戦わせ、資本主義者を銃殺しなければならないと息巻き、おしまいに仲間のひとりをつかまえて——いろいろな事例を挙げて——お前の感傷主義は癒しがたい病、人間性に関わる欠点だと噛みついていた。アダン・ヴァツラヴェクの運転する車で駅に向かった。少し前に彼は、これでお別れだと思っても、ぼくは何も感じないんですと言っていたのに、その時急に涙ぐんで、《アメリカ大陸から来た方が帰られる場合は、いつもとは違う思いがするんです》と言った。《この方が帰国したら、もう二度とお会いできないんだと思うと悲しくなるんですよ》。感情に負けてこちらがその土地に住みつくことになどならないよう、こういう場合、私は悪態をつくことにしているが、この時もそうした。駅のホームで、アダン・ヴァツラヴェクはきらきら光る小さなコインをくれた。見たことのないポーランドの貨幣だった。ブラック・マーケットの密売人がこの貨幣を聖母様のメダルに作り替えて高い値で売るものですから、これは現在市場に出回っていませんと説明してくれた。そう聞いて、できれば滞在期間をもう一日延長したいと思ったが、ビザの有効期限が切れるので無理と分かった。

「ポーランドにもブラック・マーケットがあるの？」と私は車窓から尋ねた。

「国際的なブラック・マーケットがありましてね」。列車が動き出したので、ホームのアダン・ヴァツラヴェクは歩調を合わせて歩きながらそう教えてくれた。「大きな頭痛の種のひとつなんです」。

明け方の四時に寝台車のコンパートメントのベルが鳴った。税関についた合図だった。係官の警官がポーランド語で話しかけてきたので、身振りで分からないと伝え、パスポートを渡した。係官はそれが正規のものだと確認したあと、さらに何か尋ねてきた。二段ベッドの上で横になっていた人が、係官の言葉をスペイン語に訳してくれた。《ポーランドの通貨を持っているかどうか尋ねているんだ》。私は持っていないと答えたあと、インタビューの謝礼としてもらった二百ズウォティを思い出した。外国に持ち出すことができず、しかも五分後には紙くずになってしまうので、その金を警官に渡した。

「この金を押収する権利はわれわれにないので」警官は通訳を介してそう言った。「国外に出る前に使っていただかなければなりません」。

時間がないと言うと、警官は駅のレストランがまだ開いているから、そこで何か買えばいいと言った。彼がしつこく言い張ったので、時間つぶしをしていることに気がついた。

「だったら、タバコを買ってきてもらえるかな」と私は言った。

十分後に警官は笑い転げながら戻ってくると、コンパートメントのドアをいっぱいに開き、山のようなタバコを押し込んだ。二百箱あった。通訳をしてくれた男が、あの金でカメラが一台買えたところだよと教えてくれた。私は寝ようとしたが、警官はまだそこにいて書類に何か書き込んでいた。そして領収書を私に渡したおかげで、関税を払わされる羽目になった。

ポーランドで私が持っている資本と言えばこのタバコだけだと説明したのを聞いて、警官と通訳の男が話し合った。警官は少し考えてから、《煙草を関税の代わりに受け取るわけにはいきません》と言った。《ただ、関税分のタバコを私が買い取るというのであれば、問題はありません》。そう聞いて、私はタバコを二十箱数えて、警官に渡した。彼はその代金を私に払い、私はもらった代金の二十ズウォティを彼に返した。そのあと私は封を切ったタバコの箱を扉の方に押しやり、記念に吸ってくれと言った。彼は、これは輸出品になるので吸うわけにはいかないと答えた。その答えが何とも面白かったので、そのまま遊びを続けることにした。君に買ってもらった二十箱のタバコは、密輸品としてポーランドに戻されることになるんだぞと言った。彼はそれを聞いて肩をすくめた。

「でしたら、一本だけいただきます」と言った。

一本渡すと、彼は私のタバコに火をつけて、ごきげんよう、と言ってくれた。二時間後、残る二つのタバコの山は、輸入関税を払おうにもコルナを持っていなかったので、チェコスロヴァキアで押収された。

二千二百四十万平方キロメートルの領土に
コカ・コーラの宣伝がひとつもないソ連

夏の暑さと時刻表を無視してゆるゆる走る列車にうんざりして、何時間も窓の外をぼんやり眺めていたら、少年と一頭の雌牛が驚いたようにこちらを見ていた。タバコとヒマワリの植わった果てしなく続く平原に、出しぬけに夕暮れが訪れた。フランコ――彼とはプラハで合流した――が列車の窓を下ろし、遠くで金色に輝いている（ロシア正教の教会の）ドームを指さした。われわれを乗せた列車はソビエト連邦に入ろうとしていた。と、列車が停止した。線路わきの地面に埋め込まれた二枚扉の一枚が開き、機関銃を抱えた兵士の一団がヒマワリの間から姿を現わした。扉がどこに通じているのか見当もつかなかった。射撃訓練用の人の形をした木製の標的があったが、近くに建物は見当たらなかったので、兵営はおそらく地下に設営されているのだろう。

兵士たちは車両の下に誰か隠れていないか調べていた。士官が二人乗り込んできて、パスポートとフェスティバルの参加証明書を調べた。写真を見て本人に間違いないかどうか何度となく確認し、ようやく入国が許可された。ここまで徹底的に調べるのは、ヨーロッパでは唯一この国境だけである。

国境から二キロのところにあるチョープ［現在ウクライナ領で、ハンガリー、スロヴァキアとの国境に近い町］は、ソビエト連邦でもっとも西に位置している。一週前に先行の使節団が通過した駅舎には、平和の象徴である鳩をかたどった切り抜きやさまざまな言語で協調と友愛と書かれたポスター、万国旗が飾られていた。通訳は到着していなかった。青い制服を着た若い女性に、モスクワ行きの列車が着く夜の九時まで、町を一回りしていただいてもかまいませんと言われた。私の腕時計は、六時を指していた。駅の時計に目をやると、八時になっていた。パリ［フランコと落ち合ったプラハの誤りか？］の時間に合わせたままだった時計を、ソビエトの公式時間に合わせて二時間進めなければならなかった。ボゴタはちょうど正午の十二時だ。

駅の中央改札の正面入り口は町の広場に直結しており、入り口の両脇に銀色の塗料を塗ったばかりのレーニンとスターリンの像が立っている。二人の像は平服姿でくつろいだ恰好をしていた。説明書きがあったが、ロシア語で書かれたそれは、今にも粉々に砕けて落ちそうな感じがした。人々のひどく貧しい身なりに、フランス人の若い女性がショックを受けていた。さほど身なりが悪いと私が感じなかったのは、たぶん一カ月以上鉄のカーテンの内側をあちこち歩き回ってきたからだろう。彼女は、私が東ドイツで感じたのと同じことをここで感じたのだ。

子供連れの軍人が何人か散策している広場の真ん中の、手入れの行き届いた庭園には色とりどりの花が植えられ、セメント造りの泉水があった。原色の明るい色のペンキを塗りたてのレンガ造りの家のバルコニーや、ショーウィンドーのない商店の入り口あたりで人々は夕涼みをしていた。スーツケースや食料品の入った袋を持った人たちが、屋台の前で一杯の冷たい飲み物を買うために行列を作っていた。地方特有の貧しさが漂うひなびた光景を目にして、時差にして十時間ほど離れたところにあるコロンビアの田舎町を思い出した。世界はわれわれが思っている以上に丸く、ボゴタから東へわずか一万五千キロ旅するだけで、トリーマ［コロンビアの中西部、コロンビア・アンデス中央山脈東側、マグダレナ川流域の県］にあるのと同じような町にたどり着くのである。

ソビエトの列車は九時ちょうどに到着した。十一分後――予想通り――駅の拡声器からソビエト国歌が流れ、バルコニーにいる人たちがお別れの意味を込めて振るハンカチと歓声に送られて列車が動き出した。われわれが乗ったのはヨーロッパで一番快適な列車だった。一つひとつのコンパートメントは、ベッドが二台備わった居心地のいい客室で、ボタンがひとつのラジオ受信機があり、小さなナイト・テーブルには花瓶が置いてある。列車の等級はひとつだけである。いかにも安物くさいスーツケースや台所用品や食料品の入った袋や衣服など、人々の貧しさを感じさせるものは一切見当たらず、むしろ対照的なほど室内の飾りつけは豪華で、隅々まで掃除が行き届いている。家族連れで旅行中の軍人は、軍靴と軍服を脱ぎ捨て、下着姿でスリッパを履き通路を闊歩している。その後分かったところでは、チェコの軍人と同じように、ソビエトの軍人は気さくで家庭的、しかも人間臭いところがある。

時間通りに走るソビエトの列車と肩を並べられるのは、フランスの鉄道くらいのものである。われわれのコンパートメントには三カ国語で書かれた旅程表があって、列車は分秒の狂いもなく走っていた。外国の使節団を驚かせようと鉄道省が組織替えをしたことも考えられるが、おそらくそうではないだろう。ごくありふれてはいるが、西側から来た人が、おやっと思うようなものがある。ひとつはラジオ受信機だ。ボタンがひとつしかなく、モスクワ放送しか受信できない。ソビエト連邦ではラジオが驚くほど安価に手に入るものの、聞くことができるのはモスクワ放送だけで、それが嫌ならラジオをつけずにおくしかない。

ソビエト連邦の列車が移動式ホテルだというのはよく理解できる。この国の広大な領土は人間の想像力をはるかに超えている。チョープからウクライナのどこまでも続く小麦畑と貧しい村々を通過してモスクワまで行くのに、最短距離をとっても四十時間はかかる。月曜日に太平洋側のウラジオストックを出発した急行列車がモスクワに到着するのは日曜日の夜で、その距離は赤道から極地までに等しい。チュクチ半島［ユーラシア大陸東端の半島］で朝の五時だとすると、シベリアのバイカル湖は真夜中で、モスクワはまだ前日の午後七時である。こうした細かな数字から思い浮かぶのは、地表に寝そべる巨人のイメージである。つまりソビエト連邦には百五の言語があり、人口は二億人で、無数の民族が暮らしている。その中には、一村だけでひっそり暮らしている民族もあれば、ダゲスタン地方〔カスピ海の西側に位置する地方で、現在はダゲスタン共和国〕には二十もの民族がいて、しかも中にはまだ民族として確定されていない民族すらある。総面積はアメリカ合衆国の三倍あって、ヨーロッパの半分、アジアの三分の一を占め、一言でいうと世界の六分の一に当たる二千二百四十万平方キロにわたり、しかもコカ・コーラの看板がひとつも見当たらない。

国境を越えたとたんに、そのとてつもない広さが実感される。土地は私有制でないので境界を示す柵はなく、鉄条網の生産高が統計表に出てくることもない。そこを旅すると、永遠にたどり着かない地平線に向かって進んでいる気がして、何もかもが人間離れした世界に迷い込んだ錯覚にとらえられる。あの国を理解しようとすれば、それまで抱いていた考えを根底から変えざるを得なくなる。あそこでは、列車内が暮らしの場になる。ある地点からある地点への距離がありすぎるので気が変になったり、何もすることがないため絶望のあまり自殺願望に取りつかれたりする。それらを避けるための理にかなったたったひとつの方法は水平に、つまり横になることである。大きな町の駅には救急車が常駐している。医師ひとりと看護婦二人がチームを組んで、病人が出ると列車に乗り込んで診察に当たる。伝染性の病気の疑いがある場合は即座に入院させ、疫病が広がらないよう列車を消毒する。

夜になって、耐えがたい腐敗臭で目が覚めた。得体の知れない悪臭の正体を突き止めるべくウクライナの暗黒に踏み込もうとしたが、どこにも明かりが見えず、あたりは深い闇に包まれていた。悪臭に悩まされたせいで、マラパルテは作品の名高い章で、臭いの原因を犯罪行為に求めたのだろうと私は考えた。それからソビエト人の乗客までもがわれわれと悪臭の話をしたが、結局、原因は分からなかった。

翌朝もまだ、列車はウクライナ領を走っていた。世界の友愛を象徴する装飾で飾られた村々では、農民が飛び出してきて列車に手を振った。花でいっぱいの村の広場には、政府要人を記念するモニュメントの代わりに、スターリンの思想を稚拙な形で表現した、これぞ社会主義リアリズムと言いたげな彫像が立っていた。等身大のそれには、現実的と言うにはあまりにも生々しい色が塗られていた。彫像がほんの少し前に塗料を塗り直されたのは一目瞭然だった。村々は陽気で、清潔に保たれていたが、水車のある農地のあちこちにある農家——囲い場には荷車が横ざまに転がり、ニワトリとブタが走り回っていて、いかにも古典文学に出てきそうな光景の——は藁ぶき屋根に土壁で、なんとも物哀しく貧しい感じがした。

ロシアの文学と映画は、車窓の向こうを通り過ぎていく生活の断片を驚くほど忠実にとらえている。頭に赤いスカーフを巻き膝まであるブーツを履いた、見るからに健康そうでたくましい中年女性たちが男性に負けまいと大地を耕していた。列車が通りかかるとそんな女性たちが農具を高く掲げて《さようなら《ダスヴィダーニャ》》と声をかけてきた。干し草を積んだ大きな荷車に乗った子供たちも同じく《ダスヴィダーニャ》と大声で叫んでいた。巨大なペルシュロン種の馬が引く荷車がゆっくり進んでいた。

停車駅の構内を見るからに高級品らしい派手なパジャマを着た男たちが歩き回っていた。同じ列車に乗り合わせた客たちがホームに降りてなまった足の運動をしているのかと思ったが、ほどなく、われわれの列車を出迎えにきた町の人たちだと分かった。彼らの話によると、時間にかかわりなく、ごく当たり前のようにパジャマ姿で出歩くのは夏場の習慣とのことだった。どうして普段着よりも品質のいいパジャマを作るのかについて、国からは何の説明もないそうだが。

われわれは食堂車で、香辛料の利いた色とりどりのソースをたっぷり使った、ソビエトで最初の昼食をとった。その後フェスティバルの時に――モスクワでは朝食にキャビアがついていた――、医療サービスの人たちから西側の使節団に対して、肝臓に負担がかかるのでソースをかけすぎないようにとの通達が出た。食事――それを見てフランス人は恐慌をきたした――に添えられているのは水、あるいは牛乳だけだった。デザートはなく――ケーキ作りの才能はすべて建築の方に向けられていたのだ――、食事の切り上げ時が分からなかった。ソビエトの人たちは――あまりにもまずい代物だから――コーヒーを口にせず、食後にお茶を飲む。お茶は四六時中飲める。一流ホテルでは、うっとりするほどおいしいお茶が出る。頭から浴びたくなるほどいい香りがする。食堂車の職員が英語の辞書を片手に、お茶を飲むのは二百年来のロシアの伝統なのですと説明してくれた。

隣のテーブルからカスティーリャ風のアクセント［カスティーリャはスペイン中央部の地方名で、スペイン本国の純粋なスペイン語を指す］の完璧なスペイン語の会話が聞こえてきた。一九三七年に、スペイン戦争［一九三六―三九。人民戦線内閣とこれに反対する軍との間で内乱が起き、三九年にフランコ率いる軍部の勝利で終結した］の孤児三万二千人がソビエト連邦に庇護され、しゃべっていたのはそのひとりだった。彼らの大半は結婚して子供をもうけ、今ではソビエトの国家公務員として専門職に就いている。国籍は二つのどちらでも選べる。六歳の時にソビエトにやってきた若い女性は現在モスクワの教育審議官になっている。二年前、三千人以上がスペインに帰国した。しかし、うまく順応できなかった。ソビエトで専門職に就いたスペイン人は最高の給料をもらっているが、祖国ではそうはいかず、スペインの労働制度にどうしてもなじめなかったのだ。中には政治的なトラブルに巻き込まれた人もいた。そうした人たちは再びソビエト連邦に戻りつつある。

われわれと道連れになったスペイン人は、ロシア人の妻と七歳の娘を連れてマドリッドから戻ってきたところで、彼と娘はスペイン語とロシア語を完璧に話した。彼はロシアに永住しようと考えていた。スペイン国籍は捨てておらず、驚いたことに並のスペイン人よりも高揚した愛国心を持ち、くだけた言い回しを使いながらスペインおよび永遠にスペイン的なものについて熱弁をふるった。フランコ［フランシスコ・　一八九二―一九七五。スペインの軍人。スペイン内乱で勝利を収め、独裁者として長年君臨した］政権下のスペインには耐えられなかった彼は、以前のスターリン体制下では何とかやってきたのだろう。

彼からはいろいろな情報をもらい、その後モスクワで同じスペイン出身者たちと話して、彼の言ったとおりだと改めて実感した。彼らは六年生まで母語を忘れないようスペイン語で教育を受けた。スペイン文明の特別授業を受講し、愛国的熱情をたたき込まれているので、スペインについて一様に熱っぽく語った。モスクワでもっともよく話される外国語がスペイン語なのは彼らに負うところが大きい。人ごみの中で何人かのスペイン人に出会った。彼らはスペイン語を話すグループを見かけると近づいていく。ほとんどの人が、今の自分の境遇に満足していると口にした。ただ、話を聞く限り、全員がソビエトの現体制をよしとしているわけではない。なぜスペインに戻ったのかと食堂車で知り合った彼に尋ねたところ、いくぶん自信なげではあったが、いかにもスペイン人らしく《血が呼ぶんです》と返事がきた。彼らの中には、単に好奇心に駆られて戻った者たちもいた。正直に何でもしゃべる彼らは、大丈夫かなという表情を浮かべつつ、スターリン時代を不安げな顔で思い返していた。誰もが近年、事態が変わりつつあると感じているようだった。あるひとりは、トランクにもぐりこんでソビエト連邦から脱出しようとしたところを発見され、五年間牢屋暮らしをしたと打ち明けてくれた。

キエフでは国歌、花、万国旗をはじめ、この二週間、市民がたいせつに温めてきた西側諸国語のわずかばかりの単語で熱烈に歓迎された。群がる市民に、どこへ行けばレモネードを買えるか教えてほしいと伝えると、まるで魔法の杖を一振りしたかのように、いたるところからレモネードが現われたのみならず、タバコ、チョコレートが雨のように降ってくると共に、フェスティバルのバッジやサイン帳が差しだされた。彼らが言葉で言い表せないほど熱狂していたのは、二週間前に最初の使節団が列車で通過したからだった。われわれが到着するまでの二週間、二時間ごとに西側の使節団を乗せた列車がキエフを通り過ぎて行ったはずなのに、群衆は疲れた素振りをまったく見せなかった。列車が発車した時には、われわれのワイシャツはボタンがいくつかなくなっていたし、窓から大量の花が投げ込まれたせいで、コンパートメントに入るのに一苦労した。まるで、狂熱と気前良さの歯止めが利かなくなった狂人の国に迷い込んだようなものだった。

ウクライナのある駅で、知り合いのドイツ人の使節がたまたま目についたロシア製の自転車を褒めた。ソビエト連邦では自転車の台数が少ない上にひどく値が張る。自分の自転車を褒められた若い女性はすっかり舞い上がって、進呈しますわとそのドイツ人に言った。彼は、それは困ると辞退した。列車が動き出すと、若い女性がそばにいた人たちの助けを借りて車両の中に投げ入れた自転車が、運悪くドイツ人の頭に当たって怪我をさせた。後日、頭に包帯を巻いたドイツ人が市内を自転車で走り回っている姿が、モスクワのフェスティバルの名物になった。

ソビエトの人たちは、自分が無一物になろうとも、とばかり余りに気前よく贈り物をするので、うっかりしたことは言えなかった。価値のあるものだろうが、役に立たないものだろうが、お構いなしに進呈してしまう。ウクライナのある村では、人ごみを掻き分けてこちらにやってきたひとりの老婆が、小さな櫛のかけらをくれた。とにかく人に贈り物をしたくてならないのだ。モスクワでアイスクリームを買おうと立ち止まったら、あっという間に二十個のアイスクリームとクッキー、それにボンボンが両手に載せられた。公共の商業施設に行くと、勘定を払うことはできない。近くに座っている誰かがいつの間にかこちらの勘定を済ませているからだ。ある夜、ひとりの男がフランコを呼び止め、握手した際に彼の手に帝政時代のロシアの高価な貨幣を握らせた。お礼を言う前に男は立ち去っていた。人でごった返す劇場の入り口で、使節団のひとりのシャツのポケットに二十五ルーブル紙幣を押し込んだ若い女性の姿を以後見かけることはなかった。大衆があれほど桁外れの気前の良さを見せるのは、外国の使節団をびっくりさせるように上から命じられてのことだとは思えない。もしそうなら、ソビエト政府は国民の規律と忠誠心を大いに誇りにしていい。

ウクライナの村々では果物市が開かれていた。長い台の向こうで、白い服に白いスカーフをした店番の女性たちが陽気でリズミカルな呼び声を買い物客にかけていた。フェスティバルを考慮して、伝統的で絵になる光景を演出しているのだろうと私は考えた。夕方、そうした村のひとつで列車が停車した。歓迎会は催されず、われわれが足の運動のために列車から降りると、少年がひとり近づいてきて、あなたの国の貨幣がほしいと言った。ボタンがひとつ残っていたのでそれをやると喜んで、果物市に案内してくれた。われわれがある女性の前で足を止めた時、ほかの女性はわれわれには理解できない騒々しい売り声を止めて、手拍子を打った。少年は、ここにいるのは集団農園の販売員なのだと説明した。そして、いかにも誇らし気に、しかし露骨なまでに政治的意図をこめて、品物は共同の所有なのでここでは人より多く儲けてやろうとする者はいないと強調した。どんな反応を示すかと思い、コロンビアでも同じだよと私は言ってやった。すると少年は、凍りついたようになった。

モスクワには翌朝九時二分に到着するとの通知があった。八時ごろから郊外の密集した工業地帯を通過しはじめた。モスクワの近いことが肌で感じとれたが、そのせいで心臓の鼓動が速くなり、不安が大きく膨れ上がりはじめた。どこから市街地がはじまるのか見当もつかない。いつの間にか木々が姿を消し、緑一色に覆われていた風景が空想世界の記憶だったような気がしはじめた。列車は絶え間なく咆哮を上げながら、高圧電線と信号機、大惨事の予兆で震える不気味な防壁が迷路のように入り組んでいる中へ突入していく。その時人は、故郷から遠く離れた土地へ来たものだと実感する。続いて死のような静寂が訪れる。見るから

二千二百四十万平方キロメートルの領土にコカ・コーラの宣伝がひとつもないソ連

に貧しくて狭い路地を人がほとんど乗っていないバスが走り、窓から顔をのぞかせた女性が口をぽかんと開けて列車が通り過ぎるのを見つめる。写真を拡大したように鮮明で真っ平らな地平線上に大学の立派な建物が立っていた。

モスクワ、世界でもっとも大きい村

世界でもっとも大きい村モスクワは、人間の間尺に合わせて作られていない。木が一本もなく、威圧的な力で迫ってくるこの村にいると、とにかくくたびれる。建物の造りはウクライナのどこにでもある村の小さな家と同じだが、スケールが桁外れに大きい。レンガ職人に、より広い空間、より潤沢な資金、さらに有り余る時間を与えて、人を不安にさせるような造りにしてもらいたいと依頼したのではないかとさえ思われる。建物の中庭には、地方都市のそれと同じく洗濯物が干せるように針金が張ってあり、母親が赤ん坊に授乳している。ただ、いかにもひなびた感じのするその中庭は、とにかくだだっ広い。モスクワの三階建ての質素な家は、西側の都市の五階建てくらいの高さがあり、間違いなく費用がかさばり、重量感があって見る者を圧倒する。中には機械で仕上げたような建造物もある。大理石を多用しており、ガラスがほとんど見当たらない。商店と言えるものはない。品数が少なくどうにも貧相な国営百貨店にはショーウィンドーが数えるほどしかなく、装飾過剰の菓子店［ワシリイ大聖堂のことか?］に威圧されて影が薄い。歩行者専用の広々とした空間を大勢の人が、まるで溶岩流のように押し止めようもなくゆっくり移動している。ホテルに向かっている車が無限に続くゴルキー大通りに入った時、私は――はじめて月面に降り立つ人が感じるであろうような――言いようのない感動を覚えた。モスクワを人でいっぱいにするには、少なくとも二千万人が必要だろう。通訳は私に、人口は現在五百万人で、もっとも深刻な問題は住居不足なんです、と控え目に言った。

通りはどこも立派である。幹線道路に当たる大通りは一本だけで、それを中心に、すべての道路は地理的、政治的、感情的な意味での市の中心、つまり赤の広場へと流れ込んでいる。自転車の見当たらない道路をドライバーはあきれるほど荒っぽい運転で車を走らせる。ウルグアイ大使の乗る最新型モデルのキャデラック――ちなみにアメリカ大使は、旧式モデルの車に乗っている――は、戦後のアメリカ車を真似て作った中間色のロシア車と際立った対照を見せている。そうした車をソビエト連邦の人たちはまるで馬車のように乗り回している。トロイカの伝統だろう。大通りの片側が渋滞すると、車は横をすり抜け、飛ばんばかりの勢いで周辺道路から市の中心へ向かう。ところが信号機のところまでくると急停止のうえUターンし、反対車線に入って大通りを逆走しはじめる。放射状に循環する車の流れに乗って町の中心へ行くには、そうするしかないのだ。交通事情の説明を受けて、どこへ行くにもなぜ一時間もかかるのか納得がいった。向かい側の歩道へ行くのに、時には一キロばかり遠回りしなければならないのだ。

ヨーロッパでもっとも人口が密集する町に住む人たちは、何もかもが度外れて大きいことを何とも思っていないようである。われわれが駅で見かけたモスクワ市民は、フェスティバルが催されていようが、いつもと変わりない生活を送っていた。プラットホームから列車に乗りこもうとする人たちは、その手前の柵で足止めされていても、家畜のように本能に従っておとなしくじっと待っていた。階級差のなさには驚かされる。同じ社会水準にある人々は仕立ての悪い古びた服を着、安物の靴を履いており、すべての人が平等なのである。先を急いだり、押し合うこともなく、余裕を持って暮らしているように思われる。人が良く、おっとりしていて健全な村人といった感じの人たちなのだが、ただ驚くほど数が多い。《モスクワに来てからは》とイギリスの使節団員のひとりが言った。《まるで拡大鏡を通して見ているような感じがするんだ》。モスクワっ子をつかまえて一人ひとりと話をすると、個性のない、どれも同じ家畜が群れているだけのように思えた人たちも、実はそれぞれに顔のある男であり、女であり、子供だと分かる。

ばかでかい肖像画はスターリンの発明ではない。分量と数を増やすのは、ロシア人の心理の奥深くに大昔から根差している本能なのだ。モスクワには——外国人と国内の観光客を合わせて——毎週九万二千人に上る人たちが押しかけてくるが、それだけの人数を輸送する列車が不測の事故を起こしたことはない。一万四千人の通訳が指定された場所に時間通りに待機していたので、混乱は生じなかった。外国人はそれぞれ問題なく迎えてもらったと感じていた。食事、医療サービス、市内の移動、公演、どれをとっても問題はなかったし、使節団員は何ら命令されるようなことはなかった。それぞれが自分の好き好きに行動し、制約も束縛もなく、むずかしい体制下にいるのだと意識させられもしなかった。行動の決まりは単純明快だった。バスは総計二千三百台用意されていて、個々の使節団は人数分の台数を利用でき、おかげで道路の通行に支障をきたすことも規制されることもなかった。使節団員には、発音に合わせてロシア文字で名前と国籍、モスクワでの住所が記された証明書が渡された。それを見せれば、公共サービスの乗りものなら、すべて無料で利用できた。就寝時間の指定はなかった。ただ、夜の十二時ちょうどに店が閉まり、一時には交通機関が止まり、モスクワは無人の町と化す。

幸運にも私は、その時間が過ぎればどうなるのかを実体験できた。ある夜、地下鉄の終電車に乗り遅れた。われわれのホテルは赤の広場からバスで四十五分のところにあった。モスクワの明け方二時だというのに、両手にプラスティック製の小さな亀をいっぱい抱えた若い女性が近くを通りかかったので、声をかけた。彼女はタクシーに乗るよう指示した。手持ちの金はフランスの通貨フランだけで、フェスティバルの身分証明書もこの時間だと役に立たないと伝えた。すると彼女は、私に五十ルーブル握らせてタクシーが見つかりそうな場所を教えてくれた上に、記念の意味をこめてプラスティック製の小さな亀をひとつくれた。以後、彼女とは二度と会うことはなかった。私は血を流しているように赤く染まったあの町で、タクシーが通りかかるのを二時間待った。やっとのことで二十四時間態勢で警備にあたっている派出所を見つけた。私が身分証明書を見せると警官は、泥酔しているロシア人が何人か居眠りしているベンチに腰を下ろすように指示し、私の身分証明書を保管した。やがて泥酔者たちと私は無線付きのパトロール・カーに乗せられた。パトロール・カーは二時間かけて、派出所に保護した酔っぱらいをモスクワ市内のあちこちに送り届けた。家のドアをノックし、信頼できそうな人物が応対に出てくると、酔っぱらいを引き渡していった。そのうち私は眠り込んでしまった。突然、名前を呼ばれて目を覚ました私は、完璧な発音で親し気に声をかけられたので、友人に起こされたような気がしたが、呼んだのは警官だった。身分証明書——ロシア文字で私の名前の発音が記された——を私に返却して、ホテルに着いたと伝えてきた。私が《ありがとう《スパシーバ》》と言うと、彼は気をつけの姿勢をとって敬礼し、《どういたしまして《パジャールスタ》》と返した。

そこは目に見えない権威によって完璧な秩序が保たれていた。スタジアムの収容人員は十二万人である。フェスティバルの閉会式の夜、使節団の全員が一時間のショーを観覧した。昼間、外にいた大勢の人員が入場者に色とりどりの風船を配っていた。使節団の一行はその風船をもって嬉しそうに歩き回っていた。夕食前の閉会式で、みんなは風船を手に手にスタジアムに向かった。七時にはスタンドが人で埋まりはじめ、八時にショーがはじまった。十時にはスタジアムから人影が消え閉鎖されるまでの間まったく混乱は生じなかった。警備用のロープが張られていないのにみごとに統制が取れた雑多な群衆の間を、通訳は難なく通り抜けて進み、《こちらです》と声をかけてくれた。使節団の人たちはさまざまな色の風船をもって通訳についていった。ショーは三千人のスポーツ選手によって行われた。最後に四百人の音楽家たちが青春賛歌を演奏した。ソビエト連邦使節団のいるスタンドから風船が次々に放たれはじめ、スタジアム全体がそれに倣った。市の四方の端から対空サーチライトで照らされたモスクワの夜空は、何色もの風船で満たされた。われわれは何も知らずに風船を飛ばしたのだが、あのみごとなショーがプログラムに出ていたとあとで知った。

スケールの大きなものを好み、大人数で組織化するのはソビエト連邦の人たちの心理の重要な特徴のようである。人数の多さにはそのうち慣れてしまう。クレムリンの庭園に一万一千人の招待客が集まった祝祭の時は、二時間にわたって打ち上げ花火が夜空を彩った。花火の爆発音で地面が揺れたほどである。雨は降らなかった。というのも、前もって砲撃で雲を吹き散らしたのだ。レーニンとスターリンの遺体が安置された霊廟の前には、開門される午後一時になると入場者の列が二キロにわたって続く。その列は休みなく動き続けるので、遺体の入った棺の前で立ち止まることさえできない。四時には閉門されるが、人の列はまだ二キロ続いている。冬の吹雪が吹き荒れる日でも、霊廟の前の列は二キロである。それ以上に長くならないのは、警察がそこで止めているからである。

このような国では、小劇場といった存在を思い浮かべることができない。ナショナル・オペラはボリショイ劇場で『イーゴリ公』を一日三回、一週間連続で舞台にかけたが、それぞれの公演で六百人の違う役者が舞台にのぼった。ソビエト連邦の役者は一日一回しか舞台に立てない。また、あるシーンには全員が登場するだけでなく、本物の馬六頭も出てくる。四時間にわたる大仕掛けの芝居が、ソビエト連邦の外で上演されることなどあり得ない。何しろ舞台装置を輸送するだけで六十両の貨車が必要だからである。

反面、ソビエト人は些細な問題をうまく処理できない。われわれは何度か巨大な機械仕掛けともいえるフェスティバルに参加したが、人々を感動させるようなそうした途方もない仕事なら、彼らは実にのびのびとやってのける。ところが馴染みのない分野に踏み込んだためにわれわれが途方に暮れると、ソビエト連邦もまた官僚的で些末な問題に振り回されて動きが取れなくなる。だからといって、彼らがアメリカ合衆国に抜きがたいコンプレックスを感じているわけではない。われわれは一週間遅れでモスクワに到着したため、誰も駅に迎えに来ていなかった。たまたま駅に、そこそこフランス語を話せる女性がいて、案内してくれた待合室にも迷える羊、つまりアフリカから来た三人の黒人がいた。ぼさぼさの髪をした男たちが何度電話をかけても、うまくつながらなかった。電話が混線しており局で処理できないようだった。最後に、その場にいたひとりが怪しげな英語で言語別に集まることにしようと言い出した。フランコが、自分と私の二人をホテルまで送ってもらいたいと伝えた。

ミーシャ――忘れることのできない通訳――が十五分ほどしてやってきた。ウクライナ風のシャツを着、金髪の前髪を額に垂らし、香りのいいタバコをくわえていた。そのやり方だと、タバコをくゆらせたまま輝くような笑みを浮かべることができる。そのミーシャが意味不明の言葉を口にした。ロシア語かと思い、フランス語はしゃべれないのかと尋ねた。彼は真顔になり、ひどく苦労して、自分はスペイン語の通訳なのだ、と言った。

その後、ミーシャは大笑いしながら半年間でスペイン語を覚えたのだと打ち明けた。三十歳になる彼は、畜殺の仕事をしていたが、何としてもフェスティバルに参加したいと考えてわれわれの言語を学んだのだと言った。われわれが到着した時にはまだ思うように話せず、《despertar＝目を覚ます》と言うべきところをいつも《amanecer＝夜が明ける》と言い間違えていた。しかし、南アメリカに関しては並のラテンアメリカの誰よりもよく知っていた。われわれの滞在中に彼の語学力は飛躍的に伸びた。現時点では、バランキーリャ［コロンビア北部の町。ガルシア＝マルケスが一時暮らしたことがある］のタクシー運転手の使うスラングに関しては、ソビエト連邦唯一のスペシャリストである。

特殊な時期にモスクワに滞在していたので、実情を知るのはむずかしかった。市民はおそらくきわめて具体的な指示を受けていたにちがいないと私は思っている。モスクワ市民はびっくりするほど気さくなのに、お宅にお邪魔してもいいですかと請うと、なぜかひどく嫌がる。

それでも頼みを聞き入れてくれた何人もの人たちは、暮らしぶりの良さを自負していたが、私の見るところ、さほどではなかった。政府から、外国人を家に入れないよう通達があったにちがいない。今述べたことからも明らかなように、通達の大半は形式的なもので、何の効力もなかった。

もっとも、思いがけない収穫もあった。フェスティバルは過去四十年間、世界と接してこなかったソビエト連邦の国民のために催された一大イベントになったのだ。人々は外国人を自分の目で見、手で触れて、生身の人間であると確かめたがっていた。われわれは、生まれてこの方一度も外国人を見た例しのない多くの人々に出会った。ソビエト連邦の僻遠の地から好奇心に駆られて押しかけてきたのである。彼らはわれわれとしゃべろうと付け焼刃で外国語を覚えた。おかげでわれわれは、赤の広場を出ずして全国を旅することができた。もうひとつの収穫は、フェスティバルで大混乱が生じたおかげで、個人への政治的コントロールが物理的に不可能となり、ソビエトの人々が以前より自由に話せるようになったことである。

ロシア語が分からないまま二週間にわたる大騒ぎに放り込まれたために、確実な情報が何ら得られなかったことは素直に認めざるを得ない。反面、断片的で皮相的ではあるが、モスクワに滞在しなければ得られなかった、より重要な多くの実態を直接知ることができた。仕事柄、私はその土地々々に生きる人たちに強い関心を抱いているが、ソビエト連邦ほど興味深い人たちに出会える土地はほかにないと思っている。一年間働いてお金を貯め、五日間列車に乗ってムルマンスク［モスクワの北二千キロのところにある町］からやって来たという若者が、通りでわれわれをつかまえて、こう話しかけてきた。

「ドゥ・ユー・スピーク・イングリッシュ？」

若者が知っている英語はそれだけだった。しかし、われわれのシャツをつかみ、必死になってロシア語でしゃべり続けた。時折、奇跡のように通訳をしてくれる人が通りかかった。やがて、外の世界のことを知りたがっている大勢の人たちを相手に何時間にも及ぶ対話がその場ではじまった。私はコロンビア人の生活についてごくありふれた話をしたが、誰もが当惑の表情を浮かべているのを見て、彼らにとっては驚異に満ちた物語なのだと思った。

穴の開いた靴を履いて道行く人たちは単純素朴で人が良く、どんな質問にも答えてくれるので、フェスティバルに際し上から何か指示を受けているようにはとても思えなかった。どんな反応が返ってくるかと、意図的に何度も《スターリンが犯罪者だったというのは本当ですか？》とズバリ尋ねてみた。彼らはうろたえもせず、つかみどころのないフルシチョフの言い回しを使って返答してきた。怒って噛みつかれるような場面は一度もなかった。それどころか、彼らがわれわれに、いい思い出とともに帰国してほしいと願っていることが痛いほど感じとれた。そこから考えられるのは、彼らが現政府を信頼しているという事実だった。全体として、モスクワで出会った人たちに腹立たしい思いをさせられることはなかった。話し方はのんびりしていたし、われわれが通りかかると、田舎の人によく見受けられるおどおどした態度でこちらを見ていた。彼らと話したければ、特定の誰かでなく、群衆に向かって《ドゥルージヴァ》、つまり《友だち》と言えばよかった。とたんに、わっと人が押し寄せてきて、サインや住所と引き換えにバッジや貨幣をくれた。この国の人たちは外国人と友だちになりたくて仕方ないのだ。われわれは、今と昔との違いを尋ねてみた。際立って多かったのが、《今は友だちがたくさんいる》という答えだった。彼らはさらに多くの人と友だちになりたいと望んでいる。世界中の人たちと文通して、自分たちを個人的に知ってもらいたいと願っているのだ。今、私のデスクには、モスクワから届いた読むことのできない手紙が山積みになっていて、これはわれわれが散歩に出かけた時に住所を教えた名も知らぬ大勢の人たちから送られてきたものである。今さらながら、無責任な真似をしたものだと反省しているが、差出人たちの住所を控えて整理することなどとてもできない。使節団員の誰かが聖ワシリイ大聖堂の前で足を止めてサインすると、三十分後には赤の広場が入りきれないほどのサインを求める人で埋め尽くされる。何もかもがスケールの大きさで人を圧倒するモスクワにあって、——市の心臓部である——赤の広場がひどく狭く感じられて、心底がっかりさせられる。

心ある旅行者なら、モスクワにしばらく滞在すれば、この国の実情を正しく把握するには自分たちのとは違う物差しが必要だと気がつくはずである。われわれの基本的な考え方はソビエト連邦の人たちにとって理解しがたく、またその逆も言える。ある夜、ゴルキー公園の前を通りかかると、何人かのグループに呼び止められた。モスクワに滞在して三日目だったので、おそらく物好きな人たちなのだろうと考えた。レニングラードの語学学校で学んでいるという若い女の子が、完璧なスペイン語で――三時間に及ぶ会話の中で一度もスペイン語を間違えなかった――こう言った。《あなたが私たちと同じく正直に答えてくれるなら、どんな質問でも受けるわよ》。私はその申し出を受け入れた。彼女はソビエト連邦のどこが気に入らないか教えてほしいと言った。あれこれ考えた末、モスクワでは犬をほとんど見かけないことに気づいた。

「犬を見かけないけど、まさか一匹残らず食べてしまったんじゃないだろうね?」と私は言った。

通訳をしてくれた女の子は戸惑ったような表情を浮かべた。私の言葉を仲間に伝えると、軽い動揺が走った。彼らはロシア語でしきりにしゃべっていた。そして女の子がスペイン語でこう叫ぶのが聞こえた。《それは資本主義的な報道機関の中傷よ》。私は、自分の眼で確めたことだと説明した。彼らは真剣な顔で自分たちは犬を食べていないと言い、モスクワに犬がほとんどいないことも併せて認めた。

私が尋ねる側に回った。ふと、ソビエト連邦のターボジェット・エンジンを搭載した双発旅客機TU-104を発明したアンドレイ・トゥーポレフ〔一八八八―一九七二〕ロシアの飛行機設計者」が億万長者になったものの、お金の使い道がなかったという話を思い出した。産業に投資することも、賃貸用の部屋を買うこともできなかった。彼が死ぬと、使い切れなかったルーブル紙幣が詰め込まれたいくつものトランクが国庫に返還された［「彼が死ぬと」以下は後の版での加筆］。私はこう尋ねた。

「モスクワでアパートを五つ所有することは可能かな？」

「まったく問題はありません」という答えが返ってきた。「ですが、どうやってひとりで同時に五つものアパートで暮らすんです？」。

ソビエト連邦の人は地図上であちこち旅をし、世界地図が頭に入っているのに、新聞報道からは、信じられないほどわずかな情報しか得ていない。ラジオにボタンがひとつしかないように、国有新聞社のニュースの出どころは《プラウダ》だけである。記事になるのは基本的な事柄ばかりで、報道されるのは外国で起こった重大事件だけだが、その内容は党の指導を受け、しかも論評が加えられている。西側ヨーロッパの共産党が発行しているいくつかをのぞいて、外国の新聞、雑誌は販売されていない。マリリン・モンロー［一九二六―六二。一世を風靡したアメリカの女優］についての笑い話をすれば、どのような反応が返ってくるか予測もつかないが、第一そんなことを思いつく者はいない。ソビエト人でマリリン・モンローを知っている人に私は出会ったことがないのだから。ある時、キオスクの壁全面に《プラウダ》紙が貼ってあり、第一面の見出しが八段抜きになっているのが見えた。私はてっきりどこかで戦争がはじまったのだと考えた。ところが表題は、《農業に関する報告書全文》となっていた。

われわれが《プラウダ》の記者にニュース報道をどう考えているか説明した時、彼らがひどく困惑したのは無理もなかった。記者グループが通訳と共にわれわれの宿泊先のホテルの玄関に現われ、西側では新聞はどのような機能を果たしているのか質問した。私は精いっぱい説明した。われわれの上に社主がいると聞いて、信じられないと口々に言った。

「それにしても」と彼らは言った。「奇特な方がおられるものですね」。

それから自分たちの事情を説明してくれた。《プラウダ》紙は支出が収入をはるかに上回っていて、国庫に大きな負担がかかっているとのことだった。私は、西側でも事情は同じだが、広告収入で赤字を相殺しているのだと説明した。私は図を描いて、収支会計を数字で示し、いろいろな例を挙げたが、広告がどうしても理解できないようだった。ソビエト連邦には個人的なレベルでの生産も競争もないので、商品広告というようなものは存在しないのだ。彼らを私の部屋へ連れてあがり、広告の入った新聞を見せてやった。そこには二つの違うブランドのワイシャツの広告が出ていた。

「この二つの会社がシャツを製造しています」と私は説明した。「両社はどちらも自分たちのシャツの方が品質がいいと宣伝しているのです」。

「それを見て人々はどうするんですか？」

広告が一般の人たちにどのような影響を与えるかを彼らに説明した。彼らは熱心に耳を傾けていた。記者のひとりがこう質問してきた。《一方のシャツの方がいいと分かった場合、もう一方はそれでも自分たちのシャツの方がいいと主張し続ける理由はどこにあるんですか?》。広告主が広告を出す権利を有しているのだと説明した。《それに》と私は続けた。《もう一方のシャツを買い続ける人たちもいるんです》。

「いい方でないと分かっていても?」

「たぶんそうでしょうね」と私は答えた。

彼らは長いこと広告をじっと見つめていた。はじめて目にした広告について議論しているにちがいなかった。と、理由は分からないが、彼らは突然座り込んで、腹を抱えて大笑いしはじめた。

スターリンは赤の広場の霊廟で悔悟の念を抱くことなく眠りについている

フェスティバル専用のバスの運転手は、通訳の同伴がなければ使節団員を乗せないよう指示されていた。いくら探しても通訳が見当たらなかったある夜、われわれは身振りでゴルキー座まで送ってもらいたいと運転手を説得してみた。彼はロバじみた大きな頭を横に振ってこう言った。

《ペレヴォドチク》、つまり《通訳》をと。すると、五カ国語を完璧に操り、機関銃みたいに早口でしゃべるひとりの女性が、私が通訳をするから構わないでしょうと運転手を口説いて、われわれを窮状から救い出してくれた。スターリンを話題にした最初のソビエト人が彼女だった。

六十代で、外見はジャン・コクトー［一八八九―一九六三。フランスの前衛的な芸術家］に似ていて、何となく人を落ち着かない気持ちにさせた。厚化粧をし、クカラチータ・マルティーネス［中南米の人気漫画のキャラクター］風、すなわちフォックスの襟のついたぴっちりしたコートに、ナフタリンの匂いがプンプンする羽根付きの帽子をかぶっていた。バスに乗ると、窓の方に体を傾け、二十キロにわたって延々と続く、農業博覧会の金属製の柵を見るように促した。

「この素晴らしい柵ができたのは、あなたたちのおかげなの」と言った。「見栄を張って外国人にお披露目しようとしたってわけね」。

彼女の話し方は一風変わっていた。自分は舞台の美術監督だと言った。ソビエト連邦における社会主義建設は失敗だと彼女は考えていた。新しい政権担当者たちはなるほど善良で能力があり人情味もあるけれど、過去の過ちを修正するだけで精一杯なの、と言った。フランコが、そうした過去の過ちの責任を取るべき人間は誰なのか尋ねた。彼女は穏やかなほほえみを浮かべてわれわれの方に向き直ると言った。

「ラ・ムスターシュよ」

このフランス語をスペイン語に訳すと《口ひげ》の意味になる。彼女は一晩中、一度も実名を出さずにあだ名でスターリンの話をしたが、その口ぶりにはみじんも敬意がこもっておらず、称賛もしなかった。彼女によると、今回のフェスティバルはスターリン批判の決定的な証しだとのことだった。スターリンの時代ならこのような催しはけっして行われなかっただろう。人々は家の外に出ることさえできなかった。ベリア［ラヴレンチー・　一八九九―一九五三。スターリンの大粛清の主だった執行者のひとり］の指揮下にあった恐るべき警察は、路上で使節団の人たちを銃殺したにちがいない。スターリンが生きていれば、間違いなく第三次世界大戦が勃発したと彼女は断言した。さらに、ぞっとするような犯罪行為や見せかけの裁判、大量処刑の話をしてくれた。スターリンはロシア史上もっとも残忍で邪悪な野心家だとはっきり言い切った。耳をふさぎたくなるほど恐ろしい話を、まるで純真な子供のような口ぶりで話すのを聞いたのはそれがはじめてだった。

彼女は政治的に難しい立場に置かれていた。アメリカ合衆国は世界で唯一自由な国だが、自分が生きていけるのはソビエト連邦しかないと考えていた。戦時中、多くのアメリカ兵と知り合った。彼女の考えでは、彼らは無邪気で健康な若者だが、度し難いほど無教養だった。自分は反共産主義者ではない。中国がマルキシズムを受け入れたのは喜ばしいことである。しかし、毛沢東のせいでフルシチョフがスターリン神話を完全に払拭できなかったのは許せないと言った。

偶然出会い通訳を買って出てくれた頼もしい女性は、かつての友人たちについて話してくれた。演劇人、作家、誠実な芸術家といった彼女の友人の大半はスターリンに銃殺された。往時大きな名声を博した小劇場、ゴルキー座の前に着くと、彼女は顔を輝かせて建物をじっと見つめた。《私たちはここを〈ジャガイモ劇場〉と呼んでいたのよ》とうれしそうな笑みを浮かべた。《最高の役者はみんな土の下に眠っているわ》。

この女性は、なんとも形容しがたい外見をのぞけば、話を聞く限り気が触れているようには見えなかった。おそらく、彼女は特殊な世界で生きてきたので、ほかの誰彼よりもまわりの状況がはっきり見えるのだろう。スターリン体制はもっぱら指導者層をターゲットに弾圧を加えたので、一般国民が犠牲になることはほとんどなかった。ただ、冷静さを欠いた彼女の言葉を額面通りに受け止めてスターリン像を作り上げるのは危険だった。以後二度と、彼女と同じようなことを言う人と出会わなかったからである。ソビエトの人は自分の感情を表すとき、少しばかりヒステリックになる。うれしくなるとコサックダンスを踊りはじめ、シャツを脱いで人に進呈し、友人と別れるときは大粒の涙を流す。反面、政治の話となると異常なまでに慎重で用心深くなる。こと政治に関しては、彼らと話して人と違った意見を聞き出すのは難しい。すでに公表されている見解しか口にしないのである。つまり彼らは《プラウダ》の論説をひたすら繰り返す。第二十回共産党大会［一九五六年二月に開催され、ここでフルシチョフはスターリン批判を行った］の資料――これは西側の報道によれば秘密文書とされている――は国民によって精査され、批判されていた。政治に関しては、そうして情報を手に入れ、批判するのがソビエト国民の流儀になっている。国際情勢に関する情報は欠如しているが、国内情勢に関する驚くべき知識によって相殺されている。たまたま出会った軽薄なところもあるこの通訳をのぞけば、正面切ってスターリンを批判する人に出会った例しはない。心の底から信じ切っている神話がそこにあり、彼らの頭脳を支配しているのかもしれない。まるで《誰が何と言おうとスターリンはスターリン、それだけのことだ》とでも言いたげである。彼の肖像写真はきわめて慎重に少しずつ取り払われていて、フルシチョフの写真が代わりに飾られたりはしない。残されたのは、神聖な記憶であるレーニンのものだけである。スターリンについてならまあ何を言おうと構わないが、レーニンにはけっして触れてはならぬという黙契が痛いほど伝わってくる。

私はあの通訳女史と話して以後、大勢の人からスターリンについて聞いた。彼らは自分の考えを自由に話してくれるのだが、込み入った分析を加えて、あの人物の神話を守ろうとしているように思えてならなかった。モスクワで話をした人たちはみな口をそろえて《今は事情が変わったんだ》と言った。偶然出会ったレニングラードの音楽教授に、今と昔ではどう違うかと尋ねたところ、ためらうことなく《現在のわれわれは政府を信じている、という違いでしょうね》と答えてきた。スターリン批判でもっとも興味深い返事だった。

ソビエト連邦では、フランツ・カフカ［一八八三—一九二四。現在のチェコ出身の作家］の本を目にすることはない。彼は有害な形而上学の伝道者だとされている。しかし、彼なら決定版になるようなスターリンの伝記を書いたにちがいない。国民一人ひとりの個人的モラルまで統制し、しかも存命中にその姿を見た人がほとんどいない人物の遺骸を一目見ようと、霊廟の前には二キロにわたって行列ができている。われわれがモスクワで話をした人たちの中に、彼を見た記憶のある人はひとりもいない。年に二回クレムリンのバルコニーに姿を現すが、その時は政府の要人や外交官、武装したいくつかのエリート部隊が取り巻いていた。所信表明の際、国民は赤の広場への立ち入りを禁じられた。スターリンがクレムリンを空けるのは、クリミア半島で休暇を過ごす時だけだが、ドニエプル川のダム建設に携わった技師のひとりはわれわれに、——スターリンが栄光の頂点にあった時に——あの人物は実在していないのではないかとふと思ったと話してくれた。

目に見えない権力者の意向がなければ木の葉一枚動くことはなかった。共産党書記長、閣僚会議議長、軍の最高司令官として想像もつかない強大な権力を手中にした。党大会は二度と開かれなかった。彼自身が行政制度を中央集権化したために、国民の些末な問題に至るまで彼の頭脳に集約されることになった。十五年の間、彼の名前が新聞に載らない日はただの一日もなかった。

年齢は不詳のままだった。亡くなった時、すでに七十歳を超えていて、頭髪は真っ白で、肉体的に衰えはじめているのははっきり見て取れた。しかし、国民の抱いているスターリンのイメージは肖像写真のままだった。はるか遠いツンドラ地帯の村にも、時間を超越した彼の肖像写真が送り届けられた。モスクワの大通りから北極圏にあるチェリュースキンという寒村の粗末な電報局に至る、ありとあらゆるところに彼の名前が付けられた。公共の建物、私室、ルーブル紙幣［実際にルーブル紙幣に印刷されていたのはレーニンのみ］、郵便切手、さらには食品を包む包装紙にまで彼の肖像が印刷された。スターリングラードの彫像は高さが七十メートルで、軍服のボタンの直径が五十センチもあった。

彼を精一杯擁護しようとしても、結局は辛らつな批判になってしまう。つまり、ソビエト連邦にはスターリンの手で作られなかったものは何ひとつ存在しないのだ。彼の死後、すべての組織が解体された。スターリンは執務室から一歩も出ないまま、建設、政策、行政、個人のモラル、芸術、言語学、それらをすべてひとりで統制した。生産を完全にコントロールし、それをより確実なものにするために、省庁をクレムリンの内閣府に集中させ組織した上で、産業の向かうべき方向を中央で定めた。シベリアの工場が同じ通りにある別の工場で作られた交換部品を必要とした場合、面倒で複雑な官僚的手続きを通してモスクワに発注しなければならない。一方、交換部品を製造している工場も、依頼された製品を発送するためには再度同じ手続きを踏まなければならず、時には注文書がいつまでたっても届かないことがあった。私はスターリンの作り上げた組織がどのようなものかを説明してもらったが、その日の午後に改めてこれではカフカの小説に描かれている世界と細部に至るまでまったく同じではないかと思った。*（*最近、東ドイツのある雑誌が、労働者災害保険協会に勤めていたカフカが上司に宛てて書いた手紙を公表した。そこに掲載された手紙を読むと、カフカが《保険会社のサメたち》から労働者を守ろうとしていたことが分かる。）

スターリンが死亡した翌日から、システムが機能しなくなった。ジャガイモの生産が満足のいくものではないと報告を受けたある省庁が、生産を増やす方法を調査しているかと思えば、ジャガイモの生産が過剰気味だとの報告を受けた別の省庁が、どうすれば副産物を作り出せるかを検討していた。フルシチョフが解決を迫られているのは、官僚制のそうした弊害である。神話的で全能のスターリンと違い、彼はソビエト連邦の人々にとって真の現実への回帰を象徴する存在になっている。しかし私の印象では、モスクワ市民は西側の報道機関ほどにはフルシチョフを高く評価していない。この四十年間に、革命を成功させ、戦争を行い、国家を再建し、人工衛星を飛ばしたソビエト連邦の国民は、自分たちはもっと高い生活水準で暮らせるはずだと考えるようになった。それを約束すれば、誰でも支持を得られたにちがいない。フルシチョフはそれをやってのけた。彼が人々の信頼をそれなりに勝ち取ったのは、思ってもみない場所に突然姿を現すからだろう。肖像画の威光で統治しようとしてはいないのだ。彼はウォッカを引っ掛けて集団農場に現れると農夫たちをつかまえて、牛の乳しぼりができるかどうか私に賭けてみないかと持ち掛ける。そして見事に乳しぼりをやってのけるのだ。演説の時はしちむずかしい理論を並べ立てるのでなく、常識に基づいて庶民的でくだけたロシア語で語りかける。自らの約束を実行に移すために、彼はまず二つのことを行う必要がある。ひとつは国際的な軍備縮小――それによって軍事予算を削減した分を消費財に回すことができる――、もうひとつは行政の地方分権化である。モロトフ［本名スクリャービン、一八九〇―一九八六。ソ連の政治家。スターリンの片腕として活躍したが、五七年に失脚］――彼はアメリカ合衆国で自分の眼鏡を買った――は地方分権化に反対した。私はモロトフが政治局員を解任された一週間後にモスクワに着いたのだが、ソビエト連邦の国民はその事件をどう理解すべきか分からず、われわれと同じように困惑していた。長年苦しみに耐え、政治的に成長してきたロシア国民は、もはや愚行に走りはしない。資料、役人、事務用品を満載した列車が次々にモスクワの駅から出ていく。つまり、省庁全体が一丸となってシベリアの産業中心地に向かって移動しているのだ。この施策が成功してはじめて、モロトフを左遷したのは間違いでなかったと評価されるだろう。ソビエト連邦で《官僚》という言葉がひどく侮蔑的な表現として使われているのは、以上のような理由による。

《スターリンがどのような人間だったかを理解するには、長い歴史的時間が必要でしょうね》とソビエト連邦のある若手作家は言った。《スターリンが地球上でもっとも広大で複雑な国家を、まるで一軒の商店のように管理しようとした点だけは理解できません》。さらに彼は、ソビエト連邦全般に見られる趣味の悪さは、贅を尽くしたクレムリンを前に戸惑っているグルジア出身の田舎者スターリンの性格と切り離しては考えられないと言った。スターリンはソビエト連邦の外で暮らした経験がなく、モスクワの地下鉄は世界一美しいと信じ切ってあの世へ旅立った。この町の地下鉄は時刻表通りに走り、快適でしかも料金がたいへん安く、モスクワの町と同じように驚くほど清潔である。グム〔赤の広場にあるソビエト連邦の代表的な百貨店〕では、女性のチームが大勢の客が汚した手すりや床、壁を一日中磨いている。ホテル、映画館、レストラン、街路でも事情は変わらない。まして町の宝とも言える地下鉄では、なお一層力を入れて清掃が行われている。膨大な費用を投下して地下鉄の通路、大理石、彫刻をほどこした壁、鏡、彫像、柱頭が作られたが、その費用を別のところに回していれば住宅事情がもう少しはよくなっただろう。まさに成金趣味礼賛と言うしかない。

フェスティバルの建築学セミナーで、世界の建築家たちがソビエト連邦の建築責任者と議論を戦わせた。ソビエトの建築家ジョルトフスキーは八十九歳、参謀本部でいちばんの若手であるアブラシモフは五十六歳で、この二人がスターリンお抱えの建築家だった。西側からの批判を受けて、二人は記念碑的な建築物はロシアの伝統にのっとったものであると激しく反論した。その議論に割って入ったイタリアの建築家たちは、モスクワの建造物は伝統的なものではなく、イタリアの新古典主義の様式を模倣し、それを巨大で装飾的にしただけではないのかと有無を言わさず切り返した。フィレンツェで三十年暮らして多くを学び取り、何度も帰国しては自分のアイデアを温め直したジョルトフスキーはついに非を認めた。その時、思いがけないことにソビエト連邦の若手建築家たちが、スターリンお抱えの建築家たちに受け入れられなかった自分たちのプロジェクトを提示した。それらは素晴らしいものだった。スターリンの死後、ソビエト連邦の建築にようやく新しい風が吹きはじめたのだ。

あらゆること、人々の秘められた私生活にまで干渉しようとしたのが、スターリンの犯した最大の過ちと言っていい。ただ、ソビエト連邦の国民にはいい人だと思われたいという田舎者らしい思いに、スターリンは衝き動かされたのだとも考えられる。革命時代、人々は行き過ぎた行動をとるようになり、その結果、自由恋愛が生まれたことも今では語り草になっている。客観的に見て、ソビエトの人たちのモラルはキリスト教徒のそれと変わるところはない。異性関係で言えば、若い女性は男女関係の諺に出てくるスペインの女性と同様、移り気で思い込みが激しく、心理的に屈折したところがある。恋仲になると些細なことですぐに喧嘩をはじめるが、おそらくフランス人ならまるで子供だなと言うにちがいない。うわさを気にかけ、正式の婚約期間は延々と続き、つねに監視の目が光っている。

多くの男性に、妻以外に愛人を持てるのかと尋ねてみたところ、《誰にも気づかれなければかまわない》と判で押したような答えが返ってきた。不倫は離婚の重要な要件になる。家族の絆は強固な法律で守られている。問題が生じた場合、裁判所に行く必要はない。妻は夫に裏切られたと分かれば、労働評議会に告発すればいいのである。《だからといって解決するわけじゃない》とある大工が教えてくれた。《仲間が愛人のいる男を冷たい目で見るだけだよ》。その労働者はわれわれに、自分が今の妻と結婚したのは処女だったからさと打ち明けた。

スターリンは芸術の基盤までをも確立しようとしたが、ハンガリーのジョルジュ・ルカーチ［一八八五―一九七一。哲学者］をはじめマルキストの批評家たちがそれを突き崩しはじめている。モンタージュという特殊な理論で世界的に著名な映画監督セルゲイ・エイゼンシュテイン［一八九八―一九四八。ソ連の映画監督。アヴァンギャルド映画の監督として知られる］は、ソビエト連邦では知られていない。スターリンは彼をフォルマリストだと言って非難した。ソビエト映画ではじめてのキス・シーンは、一年前に制作された映画『41』［邦題『女狙撃兵マリュートカ』］においてである。スターリンの芸術遺産として――西側を含めて――数多くの文学作品が残されたが、ソビエト連邦の若者たちは見向きもしない。ライプツィヒで勉強しているロシア人学生は授業をさぼって、はじめて手にしたフランスの小説を読みふけり、モスクワの――以前センチメンタルなボレロに夢中になっていた――若い女性は出版されはじめた通俗的な恋愛小説をむさぼるように読んでいる。また、スターリンが反動的だとして批判したドストエフスキーの作品が、ふたたび日の目を見るようになってきた。

ソビエト連邦の出版物がスペイン語に翻訳されたのを機に、その部門の担当者を囲んで記者会見が開かれた。その時、この国では探偵小説を書くことは禁止されているのかと私が質問すると、禁止されていないとのことだった。わが国ではそもそも探偵小説の題材になるような犯罪事件が起こらないのだと説明されて、なるほどと納得した。《唯一、犯罪者と呼べる人物がいるとすれば、ベリアでしょうね》と別の折に言われたことがある。《彼の名前は現在、ソビエト連邦の百科事典からも削除されています》。ベリアに対するこうした考え方は揺るがしがたいほど広くいきわたっていて、議論の余地はない。彼が手先となって行った荒っぽい粛清、弾圧は年代記に記されることはなかった。一方、――かつてスターリンが有害だと決めつけた――《予期の文学》が正式に承認されて一年もしないうちに人工衛星が飛び、この文学を本当の意味での社会主義リアリズムに変えてしまった。今年もっともよく売れた国民的作家は、《予期の文学》の最初の小説を書いたアレクセイ・トルストイ［一八八三―一九四五。ロシア・ソ連の作家。さまざまな小説を書いた中には空想科学小説も含まれている］（ちなみに彼はレフ・トルストイの親戚ではない）である。外国文学ではホセ・エウスタシオ・リベーラの『大渦』がもっとも売れるだろうと期待されている。公式データによると、二週間で三十万部売れたとのことである。

　霊廟［現在のレーニン廟］に入るのに九日間かかった。午後に出かけて順番がくるのを三十分待ち、ようやく聖域内に入っても、一分以上立ち止まらずに歩き続けなければならず、それだけで午後がつぶれた。最初に訪れた際は、行列を監視している警備員から特別入場券を提示するように言われた。フェスティバルの身分証明書は何の役にも立たなかった。同じ週にマネージュ広場を歩いていた時、フランコが公衆電話ボックスを指さした。ひとり用の狭いガラス張りのボックスの中に若い女性が二人いて、交代で電話をかけていた。ひとりが英語を少し話せたので、霊廟に入りたいので通訳してもらえないかと頼んだ。彼女たちがわれわれ二人を入場券なしで中に入れてあげてと警備員に掛け合ってくれても撥ねつけられた。英語を少し話せる女性が、ソビエト連邦の警官にはやさしさってものがないの、と恥ずかしそうに説明してくれた。《とても《ヴェリー》、とても《ヴェリー》、とても《ヴェリー》悪い《バッド》人なの》と強い口調で言った。誰も入場券を譲ってくれなかった。われわれの目の前では、顔見知りの使節団員の多くが、何故かフェスティバルの身分証明書を見せるだけで中に入っていった。

金曜日に三度目の挑戦を試みた。スペイン語の通訳を連れて行った。絵画を学んでいる二十歳の女子学生で、とても控え目で感じのいい子だった。警備員のグループが特別入場券にはまったく触れずに、来られるのが遅すぎました、一分前に入場が締め切られたんですと言った。通訳の女子学生が現場の指揮官をつかまえて懸命に説得してくれたが、彼は時計を見せて首を横に振った。物見高い連中が押しかけてきて、われわれと通訳との間に割って入った。そして突然、耳が聞こえなくなるほどの大声で《官僚！　官僚！》と叫びたてる声が響き渡ったが、あんなふうに繰り返し連呼するのを聞いたのははじめてだった。野次馬が散り散りになった時、通訳の女子学生が闘鶏のように髪を逆立てて叫んでいる姿が目に入った。現場の指揮官も負けまいと大声でわめきたてていた。われわれは無理やり通訳の女子学生を車のところまで引きずっていったが、とたんに彼女はわっと泣き出した。警備員に何と言ったのかいくら尋ねても、答えてくれなかった。

モスクワを離れる二日前に最後の挑戦をしてみようと、思い切って昼食会をキャンセルして出かけた。われわれが何も言わずに行列の後ろに並ぶと、任務に就いていた警備員が親しげに合図を送ってきた。身分証明書の提示も求められなかった。三十分後、われわれは赤の広場より高い位置にある正面の扉を通り、見るからに重厚な感じがする赤い花崗岩でできた霊廟に入った。鋼板で覆われた狭くて低い扉があり、銃剣を持った二人の兵士が直立不動の姿勢で警護に当たっていた。手に不思議な武器を隠し持った兵士が霊廟内にひとりいると教えられていた。たしかに兵士はいた。しかし、不思議な武器とは入場者数を数えるためのカウンターだった。

全面赤い大理石で覆われた内部は、気味の悪い明かりでぼんやり照らされていた。われわれは階段を、赤の広場よりも明らかに低いと思われる場所まで降りて行った。二人の兵士が電話交換台、六台ほどの電話を取り付けた赤いボードの警備にあたっていた。われわれは鋼板を張った次の扉の中に入り、むき出しの壁と同じ素材で平らに磨き上げられた階段を降りていった。ついに——鋼板を張った最後の扉を通り——直立不動の二人の衛兵の間を抜けて、空気が氷のように冷たい部屋に入った。そこに棺が二つ並んでいた。

正方形の小さな墓所は黒大理石の壁に囲まれており、炎をかたどった赤い大理石が埋め込まれている。部屋の上部には、強力な換気装置が取り付けられ、中央の一段高くなった壇上におかれた棺に、下から強い赤色照明が当てられている。われわれは右側から入った。それぞれの棺の頭の方に、さらに二人の護衛兵が銃剣を手に直立不動の姿勢で立っていた。彼らは壇の下にいたので、まるで彼らは棺に鼻を押し付けているように感じられた。護衛兵の足元に生花の花輪があったように思うが、確かな記憶ではない。その瞬間、墓所にはまったく匂いがないことにはじめて気づき、強い衝撃を受けた。

人の列は二つの棺を右から左へと回っていく。その短い一分間に目にしたものを残らず記憶に留めようとしたが、あとで思い返そうとしても、何ひとつ記憶に残っていなかった。霊廟を訪れた数時間後に使節団の人たちと議論になり、私もそれに加わった。ある人たちは、スターリンの上着は白かったと言い、別の人たちは、いや、青かったと言い張った。白だと言い切った中には二度霊廟を訪れた人もいた。しかし私は青だと思っている。

レーニンは最初の棺に収められていて、深みのある青の質素な服を身につけている。晩年麻痺していた左手は脇腹の上に載せられている。まるで蠟人形のようで、私は失望した。三十年後に、はじめてミイラ化されたとの発表があった。しかし、生前手が麻痺していたことはひと目で分かった。靴は見えない。腰から下の部分は、衣服と同じように深みのある青の毛織物に覆われていて、形もなければ嵩もない。それはスターリンの遺体も同じである。ぞっとするような話だが、二つの遺体はともに上半身だけが保存されているとしか考えられない。自然光だとおそらく顔色が異様なほど青白く見えるのだろうが、棺の赤い光の中でもひどく青白く見える。

スターリンは悔悟の念に駆られる様子もなく安らかに眠っている。体の左側に三本の簡素な線章が飾られ、腕は自然に伸ばされている。勲章には小さな紺色の帯状の飾りがついているので上着の一部のように見える。一見するとそれは線章ではなく、一続きになった記章のような感じがする。それを確かめるために、私は懸命に目を凝らした。おかげで、スターリンの上着はレーニンのと同じ深い青だと気づいた。真っ白な髪の毛は棺を照らす光で赤っぽく見えた。表情は生き生きと人間的なもので、顔が引きつれているのは単に筋肉の収縮のためでなく、心の中の感情の表れのように思われる。その顔には人をからかっているような表情が浮かんでいて、二重顎をのぞいて、この人物ではないような感じがする。熊のようにも見えない。穏やかな知性を備え、ユーモアのセンスもあり、友人にしたいような人物である。体はがっしりしているのに身軽そうで、薄いうぶげが生え、スターリンらしくもない口ひげを蓄えている。何よりも強く印象に残ったのは、透明でほっそりした爪のついている、女性のそれを思わせる繊細な手だった。

ソビエト連邦人たちは格差にうんざりしはじめている

モスクワの銀行に入って気になるのは、行員が顧客はさておき、枠の中の色とりどりの玉を動かす計算作業に夢中だったことだ。その後、レストランの担当者、官公庁の公務員、百貨店のレジ係、さらには映画館のチケット売りまでが懸命に同じ色とりどりの玉を動かしている姿が目についた。おそらくモスクワでもっとも人気のあるゲームの一種だろう。その名称、起源、特徴を調べてみようと細かくメモを取っていたところ、われわれが宿泊しているホテルの経営担当者が説明してくれた。あれはアバカスと言い、子供たちも算数の勉強に学校で教材として使い、ソビエト連邦の人たちにはごく日常的な計算道具とのことだった。フェスティバルで配布された公式パンフレットに、ソビエト連邦には十七種類の電子計算機があると書かれてあり、驚きはいっそう大きくなった。電子計算機はたしかにあるにしても、大量生産されていない。労働者がひとつ部屋で身をぶつけ合うようにして暮らし、衣服を年に二着買えるかどうかの一方、ソビエト連邦の人工衛星が月に到着したと大喜びしている［ソビエトが世界初の人工衛星を打ち上げたのは一九五七年だが、探査機が月に到着（衝突）したのは五九年。記憶の混同された、後の加筆であろう」。国内のこうした驚くべき格差に唖然とさせられた。

つまり、ソビエト連邦は革命後四十年間、消費財には目もくれず、全身全霊を傾けひたすら重工業の発展に尽くしてきたのだろう。国民が満足な靴も履けないのに、なぜ他に先んじて国際航空事業に世界最大の飛行機をぶつけて参戦したのかも、そう考えれば納得がいく。それやこれやについて何とか理解を得たいソビエト連邦は、大規模な工業化のプログラムが戦争という予測もしなかった事態によって挫折したのだと強調した。ドイツ軍が侵攻してきた時、ウクライナでは工業化が最高潮に達していた。兵士たちがナチスの侵攻を食い止めている間に、歴史的な大動員をかけられた一般市民はウクライナの工場をひとつ、またひとつと解体していった。工場はまるごと、世界の巨大な裏庭とも言えるシベリアへ運ばれ、夜を日に継いで再建され、強行軍で生産をはじめたものの、途方もない工場群の移動が原因で、工業化に二十年の遅れがでた、とソビエト連邦の人たちは考えている。

最初に革命の道のりがあり、次いで戦禍に見舞われ、最後に国家の再建が待ち受けていた。人類の大冒険とも言えるそうした困難を乗り越えていくために、国民に多大の負担が求められたのは疑い得ない。しかも、それをたった一世代でやり遂げなければならなかった。スターリンに課せられたもっとも重い課題のひとつだった。スターリンは大急ぎで社会主義国家を建設すべく、一世代をまるごと犠牲にしたために、人間的感情が欠如した血も涙もない人物とみなされている。彼は西側のプロパガンダが同胞の耳に入らないよう国家のドアというドアをすべて内側から閉めたうえで改革を推し進め、おそらく前例のない歴史的飛躍を実現した。反逆心を持ちながらも成熟しはじめている新しい世代は今でも、靴の履き心地が悪いと不平を鳴らすにとどまっている。

スターリンは鉄の鎖国政策をとった。そのためソビエト連邦の人たちは自分では気づかぬまま西側からの訪問者を前に滑稽なことをよく仕出かす。ある集団農場を訪れた折、誇り高いソビエト人の国民性によるものだろう、われわれはあまり愉快でない経験をした。旗を掲げた村を抜け、ガタガタの道路を通って集団農場に案内された。あちこちの村の子供たちはバスが通りかかると歌をうたいながら家から飛び出してきて、西側のあらゆる言語で自分たちの住所が書いてある葉書をバスの窓から投げ入れた。モスクワから百二十キロのところの広大な国有地が集団農場になっていて、まわりを囲むように泥だらけの道が走り、派手な色を塗った小さな家の建ち並ぶ物悲しい村々があった。農場の管理人は、映画に出てくる海賊よろしく光を失った片方の目に眼帯をした頭の禿げた男で、封建領主を思わせた。管理人は農場の集団的生産に関して二時間長広舌をふるった。通訳はそのうち天文学的な数字だけをわれわれに伝えた。野外で昼食を取っている間、小学生たちが古い歌を合唱してくれたあと、自動搾乳装置のある作業所に案内された。ひどく太った、健康そのものといった感じの女性が水圧式搾乳機をわれわれに見せようと待ち受けていた。その機械は乳産業のもっとも先進的な技術を導入して作られたとのことだが、それは牛乳缶につながれたただの洗浄用ゴムホースでしかなかった。搾乳機のホースの端の一方が雌牛の乳首、もう一方が蛇口につながって搾乳する仕組みで、蛇口を開くと、中世の人たちが手で乳しぼりをしていた代りに水圧で牛乳を搾るとのことだった。もちろん、それは理論上の話で、実際に搾乳をはじめると、とたんに何とも気まずい雰囲気になった。自動搾乳装置を使い慣れたはずの、見るからに健康そうな例の女性が雌牛の乳首にうまく機械を固定できなかったのだ。十五分ほど悪戦苦闘し、乳しぼり役の女性が替わり、雌牛の位置をずらし、ついには別の雌牛を引っ張ってきたのに、どうやってもうまくいかない。そのうちやっと成功した時、われわれもほっと胸を撫で下ろして共に喜ぶことができた。

北アメリカの技師が農場の管理人に、いくぶん誇張気味に、しかし確かな根拠に基づき、アメリカ合衆国では片側から雌牛を押し込むと、もう一方から低温殺菌した牛乳だけでなく容器に入ったバターまで出てくる装置があると説明した。管理人はさも感心したように、それはすごいですなと言ったが、その顔には信じるものかと言いたげな表情が浮かんでいた。そして管理人はわれわれに、ソビエト人が水圧式搾乳機を発明するまで、人類は機械で搾乳をすることなど思いつきもしなかったと確信しています、と強がりを言った。

何度もフランスに行った経験があるモスクワ大学の教授はわれわれに、一般的にソビエト連邦の労働者は、西欧で何年も前から使われている各種の機械は、もともとソビエト人が創り出したものだと思い込んでいるのです、と話してくれた。ソビエト人はフォークから電話に至るまで、ごく基礎的な道具を発明したのは自分たちだと信じ込んでいる、という北アメリカのジョークは、そのあたりの機微をよく伝えている。西側の文明が技術の驚くべき進歩によって二十世紀を切り開いてきたのに対し、ソビエト連邦の人たちはひそかに独力で基本的な問題を解決しようと努めてきた。もし西側の旅行者がモスクワで、ぼさぼさの髪をした神経質そうな若者に出会い、電気冷蔵庫を発明したのはぼくですと断言するのを聞いても、こいつは大ボラ吹きだとか頭のおかしいやつだと考えてはならない。西側では何年も前からありふれた家電製品になっている電気冷蔵庫を、その青年が自宅で発明したというのは、けっして嘘ではないのだ。

進歩が逆向きになっていると気づけば、ソビエト連邦の現実はより理解しやすくなる。革命期の指導者には国民を飢えさせないことが最重要課題だったのは事実で、これまでソビエト連邦に関する批判めいた諸々の言説を、われわれは鵜呑みにしてきた。ならば同じように、あの国には現在、飢餓も失業もないのだという事実も率直に認めなければならない。それどころか、労働力不足が一種の国民的強迫観念になっている。最近創設された労働問題調査局は、ひとりあたりの労働賃金を科学的な観点から定めようとしている。労働省の付属機関である同局の担当者を囲んで記者会見が開かれ、工場の統括責任者の中には、専門職の労働者よりも給料の低い者もいるという報告がなされた。理由は投下される労働力の不足ではなく、上に立つ者が自分の責任を軽減したいと考えているから、とのことだった。私は、この国では女性が男と肩を並べて道路や鉄道の工事でつるはしやスコップをふるっているが、社会主義の観点からは問題ないのか、と質問した。これに対して、女性がきつい仕事をしなければならないのは、労働力が極端に不足しているからで、戦後わが国が置かれた一種の緊急事態を物語っている、と明快な答えが返ってきた。事務局長は強い口調で以下のように説明した。少なくとも肉体労働に関する男女間の大きな差違は認めなければならないが、自分たちの調査によれば、忍耐力と注意力を必要とする仕事では女性の方が好成績を上げている。現在、つるはしやスコップをふるう女性は減少しつつあると明言した。さらに、自分たちの事務局が抱える最大の課題のひとつが女性の労働問題の解決であるのは言うまでもないと、ひどく真剣な顔で付け加えた。

女性たちが道路工事で汗を流している間に工業化が進み、ソビエトはこの四十年間で世界の二大強国の一方になったが、消費財の生産はなおざりにされてきた。ソビエト連邦は核兵器の所有を表明している。しかし、商品がほとんど並んでいないショーウィンドーを目にしたなら、とてもその言葉を信じる気にはなれないだろう。いや、だからこそ信じざるを得ないのだ。この国の核兵器、人工衛星、機械化の進んだ農業、信じられないほど巨大な加工工場、砂漠を農地に変えるとてつもない可能性、こうしたものは四十年にわたって安物の靴や仕立ての悪い衣服で辛抱した、ほぼ半世紀の厳しい窮乏生活に国民が耐え抜いて手に入れたものなのである。逆方向を向いた発展のプロセスはいくつかの不均衡を生み出し、それを見てアメリカ人は腹を抱えて笑い転げる。たとえば、強力なパワーをそなえたトゥーポレフ104は航空技術の傑作と言われているが、イギリスの精神科医たちが、あんな飛行機を見たら近隣住民が精神障害を起こしかねないと考えたために、ロンドンの空港への着陸が許可されなかった。あの旅客機には各階に電話が設置されていて連絡を取り合えるというのに、ごくありふれた水洗トイレが設備されていない。別の例を挙げると、自国のもっとも有名な専門医にかかってしつこい湿疹の治療を受けていたスウェーデンの使節がモスクワを訪れたのを機に、使節団のために編成された医師団に治療してもらうことにした。医師たちは輪番で診察に当たっていたので直近の医師に受診し、処方された軟膏を塗ると、何と四日間で湿疹は跡形もなく消えた。薬局に処方箋を持っていったところ、薬剤師は広口瓶から指で薬をすくい取り、新聞の切れ端になすり付けて彼に渡したそうだ。また、極端な例ながら、集団農場からの帰途、衛生面でおやっと思わされる光景を目にした。われわれがモスクワ郊外の野外施設で清涼飲料水を飲んだ折、自然の摂理で便意を催した私はトイレに向かった。板張りの長い台が置いてあって穴が六つ空いていた。それらの穴の上に立派な市民と思われる六人がそれぞれしゃがみ込んですべきことをしつつ、にぎやかにおしゃべりを楽しんでいた。これぞまさに、教養には記されざる生理学的集団化である。

社会基盤が崩れた国で若者たちが論理的にものを考えるようになると、格差が容認できずに抗議行動を起こそうとする。大学では公開討論会が開かれ、この国も西側並みの快適な暮らしができるようにすべきだと政府に要求を突きつけはじめる。最近、モスクワの外国語専門学校で学ぶ女子学生たちが髪をポニーテールにし、ハイヒールを履き、パリ風のファッションで通りを闊歩して物議をかもした。何かが起こっているのだ。軽率な公務員が、通訳を目指す学生たちが西側の言語と日常習慣に親しめるようにと、西側の雑誌の購入を認めた。その措置は効果を現した。若い女性たちが雑誌を参考に服の丈を短く切り詰め、最新の髪型を し出したのだ。いつの時代、世界のどこでも同じだが、モスクワでも丸々と太った中年女性が、通りを歩く彼女たちのそうした姿にショックを受けて頭を抱え、《とんでもない世の中になったものね》と叫んだ。しかし、若い世代全体の圧力がソビエト連邦の政治を変えつつある。ファッションデザイナーのクリスチャン・ディオールはパリで亡くなる［正確にはイタリア中部の温泉保養地モンテカティーニ・テルメで客死］直前に、連邦政府からモスクワでコレクションの発表会をしていただけないかと依頼を受けている。

あの町で過ごした最後の夜、そんな若い世代の精神的風潮を物語る出来事があった。ゴルキー大通りを歩いていると、二十五歳くらいの男が私を呼び止めて、どこの国の方ですかと尋ねてきた。話を聞くと、彼は幼児を対象にした世界の詩をテーマに卒論を準備しているとのことだった。コロンビアの状況を伝えようと思い、ラファエル・ポンボ〔一八三三―一九一二。コロンビアの作家、詩人〕の名を挙げたところ、顔を真っ赤にして憤慨したように私の言葉を遮り、《ポンボについてなら、資料はすべて集めました》と言った。彼はビールを飲みながら、真夜中までアクセントこそ強すぎるが驚くほど流暢にラテンアメリカの幼児向けの詩を次々に朗誦した。

四十八時間後、モスクワは普段の生活に戻っていた。いつもと同じ密集した群衆、いつもと同じ埃っぽいショーウィンドー、いつもと同じ赤の広場の霊廟前に並ぶ二キロの行列、そうしたものがわれわれを駅に送ってくれるバスの窓の向こうを通り過ぎていき、まるで一昔前の映像のように思えた。国境につくと、チャールズ・ロートン〔一八九九―一九六二。イギリス出身の舞台・映画俳優〕の双子の弟のような感じのでっぷり太った通訳が苦労して車両に乗り込んできて、開口一番《あなた方にお詫びしなければなりません》と言った。《どうしてです？》とわれわれは尋ねた。《誰も花を持ってこないのです》と答えた彼は泣かんばかりにして、自分は国境で使節団の方々の送別会をするよう命じられていた者ですが、今朝、てっきり全員を乗せた列車が通過したものと思い込み、もう駅に花を届ける必要はないと電話で伝え、列車が通る際に国歌を歌う予定だった子供たちにも学校に戻るように伝えてしまったのですとひたすら弁解するのだった。

《私はハンガリーを訪れた》

ハンガリー閣僚評議会議長ヤーノシュ・カーダール［一九一二―八九］は八月二十日、社会主義憲法記念日の祝賀会に出席するために、ブダペストから百三十二キロ離れた［実際には十数キロほど］ウーイペシュト・サッカー競技場まで足を運び、群衆の前に姿を現した。競技場には六千人の農民が集まっていた。十月の事件［一九五六年の反ソ改革要求を掲げたハンガリー国民の蜂起と暴動を指す。十一月にソ連の軍事介入で鎮圧された］のあと、あの国を訪れた最初の西側視察団に私も同行し、カーダールと同じ演壇に登った。

十カ月間、ブダペストに入ることは許されなかった。当地の空港を最後に飛び立った西側の飛行機は双発機で、それはブダペストの戦闘で瀕死の重傷を負った特派員ジャン＝シャルル・ペドラツィーニ［ジャン＝ピエール・ペドラツィーニの誤りか？］を救出するために《マッチ》誌が契約を結んだオーストリアの飛行機だった。以後、ハンガリーは国を閉ざした。十カ月後、モスクワのフェスティバル準備委員会から圧力がかかって、ようやくわれわれを受け入れるべく扉を開いてくれた。モスクワの準備委員会は、十八人の視察団がブダペストを訪れることができるようハンガリー政府の招待状を取り付けた。視察団には二人の建築家、ドイツ人弁護士、ノルウェー人のチェス・チャンピオン、それに私ともうひとりジャーナリストが含まれていた。赤い口ひげを生やしたベルギー人のジャーナリスト、モーリス・マイヤーは恐ろしく人懐っこい人物で、ビールをがぶ飲みし、くだらない冗談ばかり口にしていた。スペイン市民戦争の時にジャーナリストとして働きはじめ、ドイツ軍に占領されていたリエージュで負傷したのだそうだが、いずれにしても視察団の中に私の知り合いはひとりもいなかった。ハンガリー国境の税関で職員が書類を三時間にわたって調べたあと、通訳がわれわれを食堂車に集めて一人ひとりを紹介し、短い歓迎のあいさつをしてから、これから十五日間の予定を読み上げた。それによると、博物館を訪れ、青年組織と昼食会を持ち、スポーツを観戦したあとの一週間はバラトン湖で保養する手筈になっていた。

モーリス・マイヤーが全員を代表して謝辞を述べ、さらに観光にはあまり関心がないと伝えた。われわれが興味を持っているのは別のこと、つまりハンガリーで何があったのかを政治的歪曲を加えずに正確に把握し、この国の現状を知ることなのだと説明した。カーダール政府としてはできるかぎりご希望に添いたいと考えております、と通訳が答えたのは八月四日午後三時だったが、夜の十時半に人気のないブダペスト駅に到着すると、困惑したような表情を浮かべたエネルギッシュな男たちのグループが待ち受けていた。彼らは二週間にわたってぴったり貼りつき、われわれが現状についての具体的な情報を得られないよう精一杯邪魔をするのだった。

スーツケースを下ろし終わらぬうちに、通訳だと自己紹介した人物がわれわれの名前と国籍を書いた公式の名簿を読み上げ小学生のように返事をするよう求めたあと、バスに乗せられた。些末な二つのことが気になった。ひとつは、視察団が少人数なのに同行する人間が十一人もいたこと、もうひとつは全員が通訳だと自己紹介したのに、大半がハンガリー語しか話せないことだった。霧雨のせいで物悲しい感じのする暗くて人気のない街路を抜けて市内を通り過ぎ、あっという間にホテルについた。気がつくと、われわれはブダペストの最高級ホテルのひとつ《自由ホテル》のダイニングルーム全体を占めるほど大きい宴会用のテーブルの前に座っていた。通訳の中にはナイフとフォークを満足に扱えない者もいた。鏡、大きなシャンデリア、真っ赤なフラシ天で裏打ちされた家具、そうしたものが並ぶダイニングルームは趣味こそ古臭いが、改装されたばかりのような感じがした。

夕食の最中にぼさぼさの髪をした、ロマン主義者のごとき眼もとに人を小ばかにしたような笑みを浮かべた男がハンガリー語で一席ぶったが、それは同時に三カ国語に翻訳された。型通りの短い歓迎のあいさつで、次に一連の指示が伝えられた。外出は控えること、パスポートはつねに携行すること、見知らぬ人間と口をきかないこと、ホテルを出る際は必ずフロントに部屋の鍵を預けること、《ブダペストは戦時体制下にあり、それゆえ写真を撮ることは禁止されている》のを忘れないようにといったことが並べ立てられた。その時、さらに七人の通訳が加わった。彼らはテーブルのまわりを意味もなくうろつき、ハンガリー語でひそひそ話し合っていた。それを見て、彼らが何かにおびえているように思えた。そう思ったのは私だけでなかった。直後にモーリス・マイヤーが私の方に体を寄せてこう言った。《ここの連中は死ぬほど怖がっているね》。

ベッドに入る前にパスポートを取り上げられた。旅の疲れはあったが、眠気が襲ってこない上に気分が少し落ち込んでいたので、部屋の窓から夜の町を眺めてみた。ラーコーツィ大通りの破壊された灰色の建物は人が住んでいるとは思えなかった。街灯は数少なく、人気のない通りに小雨が降りしきり、路面電車が軋み音を立て、青白い火花を散らしながら通り過ぎていった。あたりは言いようもなくもの悲しい雰囲気に包まれていた。ベッドに横になった時、部屋の壁にまだ砲弾の跡が残っていることに気づいた。黄ばんだ壁掛けに古い家具が並び、消毒薬の強い臭いがする部屋は、昨年十月にはバリケードで封鎖されていたのだろうと想うと、恐ろしくて寝つかれなかった。ブダペストで迎えた最初の夜はそんな具合に過ぎていった。

パン屋よりも宝くじ売り場に長い列ができる

翌朝、窓から見える風景はさほど陰気ではなかった。通訳は十時まで来ないはずなので、監視の目をかいくぐってやろうと、鍵をポケットに入れ、階段でロビーに降りた。エレベーターを使わなかったのは、それだとフロントの真正面に降りることになり、いやでも支配人と顔を合わせるからだった。ガラス張りの回転ドアはラーコーツィ大通りに直接つながっていた。ホテルを含めて、花で飾られた駅の正面入り口からドナウ川の岸まで、大通りの建物はすべて足場に覆われていた。商店が立ち並ぶ大通りの木製の枠組みの間を大勢の人たちが行き交う光景は印象的で、今も記憶に残っている。しかし、それも一瞬のことだった。ホテルを出て二、三歩歩くと、誰かが私の肩に手を置いた。通訳のひとりだった。彼は親し気な態度をとっていたが、私の腕をつかんでホテルへ連れ戻した。

思った通り、視察団員たちは十時に下に降りてきた。最後にモーリス・マイヤーが姿を現し、スポーツ選手のような派手なジャケットを着た彼は、インターナショナルの青春賛歌をうたいながら両腕を広げてダイニングルームに入ってきて、そのまま歌をうたいながら大袈裟なジェスチャーで思い入れたっぷりに通訳を一人ひとり抱擁した。彼らは戸惑いつつもうれしそうに応え返していた。そして私の横に座った彼は、シャツの襟もとにナプキンをはさみ、テーブルの下から膝で合図してきた。

「昨夜から感じていたんだが」と口の中でつぶやくように言った。「ここにいる野蛮人どもは全員拳銃を携行しているよ」。

その瞬間から何を順守すればいいか理解できた。われわれは博物館、歴史的記念碑を訪れ、公式の歓迎会に出席し、その間、守護天使たちはわれわれにぴったり張り付いて、町の人たちと接触しないよう目を光らせていた。ある午後――ブダペストに着いて四日目――われわれは《漁師の塔》から市の美しい全景を眺めた。かつて侵攻してきたトルコ人によってモスクに変えられ、今もアラビア風の装飾が残っている古い教会が近くにある。私を含む視察団の何人かが通訳を振り切って教会の中に入った。荒れ果てた大きな教会で、上方に切られた小さな窓から夏の黄色い光が射しこんでいた。前方の長椅子に喪服を着た老婆が腰を下ろして物思いにふけりながら、サラミ・ソーセージをはさんだパンを食べていた。直後に二人の通訳が教会に入ってきた。彼らは身廊を通ってわれわれの後をつけ、老婆を見ると外へ出るように言った。

五日目になると、我慢も限界に達した。古い遺物やわけの分からない文書を見せられるのにうんざりしてしまった。市内の様子も、パンを買ったり、路面電車に乗るために列を作ったりしている人たちも、すべてバスの窓越しに眺めることしかできず、手の届かないものに思われた。昼食のあと、私は心を決めた。フロントで鍵を受け取った時、係員が疲れ切っていて午後の昼寝をしようとしているのだと気がついた。そこで、エレベーターで上の階に昇ると、すぐに階段を使って下に降りた。

最初に目についた停留所で行先も確かめずに路面電車に飛び乗った。車内にいた大勢の乗客は、この男はべつの天体から迷い込んできたのではないかといった顔で私を見たが、好奇心も驚きも感じていないようだった。むしろ不信感に駆られて自らを閉ざしていた。そばに造り物の花をあしらった古い帽子をかぶった年配の女性がいて、ハンガリー語訳のジャック・ロンドンの小説を読んでいた。最初は英語で、次いでフランス語で話しかけてみたが、こちらを振り向こうともしなかった。次の停留所で乗客を肘でかき分けるようにして降りていった様子を見て、この停留所で降りるはずではなかったように思われた。彼女もやはりおびえていたのだ。

路面電車の運転手がハンガリー語で話しかけてきた。言葉が分からないと伝えると、今度はドイツ語を話せるかと訊いてきた。いかにもビール党らしい鼻をし、針金で修繕した眼鏡をかけた太った老人だった。英語なら分かると伝えると、何度か同じフレーズを繰り返したが、理解できなかった。どうやらあきらめたようだった。終点についたので降りようとした時、英語で《神がハンガリーを救われんことを》と書いた小さな紙きれを私に手渡した。

世界を震撼させた事件からほぼ一年経つというのに、ブダペストはいまだ元の状態に戻っていなかった。私が目にした範囲でも、路面電車の線路は修復されておらず、通行できない広い区域があちこちにあった。身なりが悪く、悲しげで思いつめたような表情を浮かべた大勢の人たちが生活必需品を買うために長蛇の列を作っていた。破壊され、略奪された食料雑貨店は再建中だった。

西側の新聞はブダペスト事件についてにぎにぎしく書き立てたが、私はここまでひどく荒廃していようとは想っていなかった。主要な建物はほとんどすべて正面が破壊されている。

その後分かったところでは、ブダペストの人々はそうした建物の中に避難して、四昼夜にわたってロシアの戦車を相手に戦った。ロシア軍――反乱を鎮圧するよう命令を受けた八万人の兵隊――は建物の前に戦車を配備し、その正面を破壊するという単純かつ効果的な戦術を用いた。しかし、人々は英雄的な抵抗を試みた。子供たちは外に出て、戦車の上によじ登り火のついた火炎瓶を戦車の中に投げ込んだ。公式発表では四日間で五千人の死者と二万人の負傷者が出たと伝えられているが、町の荒廃ぶりを見ると、それよりもはるかに多くの犠牲者が出たと思われる。ソビエト連邦は自国の人的損失についてはいまだに数字を公表していない。

破壊された町の上に十一月五日の夜明けの光が射した。国家は五カ月間、機能停止状態に陥った。ソビエト連邦ならびに民衆的民主主義国家から贈られた食糧を積み込んだ列車のおかげで人々は生き延びた。現在、行列は少し短くなり、食料雑貨を扱う店が営業をはじめているが、ブダペストの住民は今もあの災厄の後遺症に苦しんでいる。カーダール政権の収入源になっている宝くじ売り場と国有の質店には、パン屋よりも長い行列ができている。ある公務員は、たしかに宝くじは社会主義体制下では容認しがたいものだと私に言った。《しかし、ほかにしようがないんです》と説明した。《そのおかげで毎週土曜日にわれわれの抱えているひとつの問題が解決されるのです》。質店に関しても事情は同じである。私は、ある質店の前で乳母車に台所用品を積み込んで順番を待つ女性を見かけた。

政府内はもちろん、住民の間にも不信感と不安はいたるところに瀰漫《びまん》している。ハンガリー人の中には、一九四八年まで外国で暮らしていた人たちがいて、彼らはもちろん子供たちも世界の数多《あまた》の言語に通じている。しかし、現実には外国人と話すことは難しい。というのもこの時期、ブダペストには公式に招待された外国人などいないはずで、したがってうかつに外国人としゃべるわけにはいかない、と彼らは考えている。街路、カフェ、マルギット島の静かな公園、どこへ行っても誰もが政府とその招待客に不信感を抱いている。

政府は政府で、市民の敵対感情はまだ消えていないと感じている。ブダペストの壁には《隠れ反革命分子よ、民衆の力を侮るな》とペンキで書かれている。別の壁では、十月の悲劇の責任はナジ・イムレ［一八九六―一九五八。ハンガリーの政治家。閣僚評議会議長の時にソビエト連邦の侵攻に抵抗し、のちに秘密裁判の結果処刑された］にあると非難している。それが現政府の強迫観念になっているのだ。ナジ・イムレがルーマニアに強制追放されている今、カーダール政府はペンキで壁に非難の言葉を書き、パンフレットを発行し、彼を批判する声明を出そうとしている。しかし、われわれが話をすることのできた人たち――労働者、職員、学生、さらには何人かの共産党員――はナジの帰国を待ち望んでいる。市内全体を駆け回ったあと、夕方に私は、ドイツ人の手で爆破、破壊されたエルジェーベト橋［ペテーフィ橋か?］の前に立った。そこには大学と向かい合うようにして花でいっぱいの小さな広場があり、詩人ペテーフィ［・シャーンドル。一八二三―四九。ハンガリーの独立運動に身を投じ、早世］

の彫像が建っている。十カ月前の十月二十八日［以下、二十三日か？］、学生のグループが大声でロシア軍を追放しろと叫びながら通りかかった時、そのひとりがハンガリーの国旗をもって彫像によじ登り、二時間におよぶ演説をぶった。彼が下に降りると大通りは男女のブダペスト市民で埋め尽くされ、秋で葉の落ちた並木の下、詩人ペテーフィが作った歌を合唱したが、それがきっかけとなって暴動がはじまったのだ。

マルギット島からドナウ川を一キロ下ったところに、ブダペストの労働者が密集して暮らし、死んでいくプロレタリア地区がある。そこに扉を閉ざした、むせかえるように暑く、煙がもうもうと立ち込めているバルがあり、客は大きなジョッキでビールを飲みながらハンガリー語でしゃべっているが、そばで聞いていると機関銃を切れ目なく撃ち続けているような感じがする。十月二十八日の夕方、彼らがいつものようにそんな店でしゃべっていると、学生が暴動を起こしたというニュースが伝わってきた。彼らはビールの入ったジョッキを残したまま、ドナウ川の岸辺の道をとって詩人ペテーフィの彫像がある小さな広場に駆けつけ、暴動に加わった。私は日が暮れるとそうしたバルを巡り歩き、強権体制が敷かれている上に、ソビエト連邦の介入もあり、国内は現在平穏そうに見えても、反乱の芽がまだまだ生きていることをこの目で確かめた。私がそうしたバルに入ると、機関銃の銃声のような話し声は濃密なざわめきに変わった。誰もしゃべろうとしなかった。しかし、人々が――恐怖、あるいは外国人に対する偏見のせいで――口を閉ざしている時にはトイレに入って、人々の考えていることを読み取らなければならない。トイレには、世界中どこにでも見られる古典的な卑猥な絵の間に探しものを見つけた。そこには、カーダールの名前と共に誰が書いたか不詳とはいえ、きわめて意味深い抗議の言葉が書かれており、そうした声はハンガリー情勢に関するきわめて雄弁な証言なのである。《人民の暗殺者カーダール》、《裏切り者カーダール》、《ロシア人の番犬》……。

訳者解説

ここに紹介するのは、ガブリエル・ガルシア＝マルケスが三十代のはじめ、つまり一九五〇年代後半に新聞、雑誌に発表すべく書いたルポルタージュを集めた一冊である。若い頃のガルシア＝マルケスはいつか小説家として名を揚げたいと思いつつ、一方で家が貧しかったために大学生の頃から新聞社で働いていた。鋭い観察眼と巧みな情報処理能力が生かされたこれらのルポルタージュからは、天成の語りの才能に恵まれた若きガルシア＝マルケスのジャーナリストとしてのすぐれた資質がうかがえるはずである。

ガルシア＝マルケスの父親エリヒオは少年時代、医者になる夢を抱いていたが、家庭の事情で思いが果たせず、民間治療士の資格を取って医者まがいの仕事をはじめた。しかし、もともと現実感覚が乏しく、思いつきだけで行動するきらいのある人物だったので、治療院や薬局を開いてもうまくいかず、家族は父親に振り回されてコロンビア各地を転々する羽目になるのだが、第一子のガブリエルは生まれるとすぐに母方の祖父母のもとに預けられた。祖父は十九世紀末から二十世紀はじめにコロンビアで起こった内戦で銃をとって戦った古強者で、彼のもとには昔の戦友や友人、親戚の者がしょっちゅう訪ねてきた。ガボと呼ばれていた幼い頃のガルシア＝マルケスは大人たちの話に目を輝かせて聞き入った。四歳にして早くも耳にした話の断片をつなぎ合わせ、そこにファンタジックな要素を織り交ぜて物語を作り上げ、みんなをびっくりさせるのが楽しくて仕方なかったというのだから、生まれついての語り部としか言いようがない。

しかし、愛してやまなかった祖父は一九三五年、彼が八歳の時に大けがをしてから体調を崩し、その二年後に亡くなるが、ガボはその前に別の町に住んでいた両親のもとに引き取られる。学校ではあまり勉強しなかったのに抜群の記憶力のおかげで成績はよく、一九四三年に奨学金をもらって高校に進学するが、中学校時代から読書好きだった彼が本格的に文学書に親しむようになるのはこの頃からで、『百年の孤独』の前身にあたる『家』と題した小説を早くも構想しはじめていた。一九四七年、首都にあるボゴタ大学法学部に入学する。

ラテンアメリカの多くの国々と同じように政情不安が続いていたコロンビアでは、彼が入学して一年と経たない一九四八年に行われた大統領選挙で、当時国民の熱狂的な支持を得ていた自由党の候補者ホルヘ・エリエセール・ガイタンが暗殺された。この事件を機に《ボゴタ暴動》と呼ばれる騒乱が起こり、その火はやがて地方にも広がり、保守派と自由派の戦いがはじまる。こうした内戦状態は十年以上続き、二十万人以上の犠牲者を出したと言われる。そのため同じ一九四八年にボゴタ大学が閉鎖された。ガルシア＝マルケスは転学を考え情報を集めた結果、北部にあるカルタヘーナ大学はまだ閉鎖されていないと知って、そちらに転入する。親からの仕送りはなく、何とか生活費を稼ぎ出さなければならず、働き口を探していろいろ当たってみた。実は、小説家を目指していた彼は、ボゴタ大学に入学まもなく「三度目の諦め」と題するカフカ風の短篇を書いて投稿したところ、ボゴタの有名な新聞《エル・エスペクタドール》紙に掲載された。カルタヘーナの新聞《エル・ウニベルサル》紙の編集者はそれを知っていたので、彼をコラムニストとして即座に採用する。ただ、給料といっても微々たるもので生活は苦しかった。毎日午後から夜遅くまで仕事をし、それが終わると短篇を書いたり、仕事仲間や友人たちと文学談議に花を咲かせたり、政治論を戦わせたりした。大学にはほとんど通わず、新聞社の仕事に追われ、生活の方は友人や知人の助けを得てどうにかやりくりしていた。

一九四九年の九月に社用で近くの町バランキーリャを訪れる。ここで若い世代の文学好きたちと知り合い、すっかり意気投合して親しく付き合うようになる。カルタヘーナに戻ったものの、開放的な雰囲気と気の合う仲間のいるバランキーリャに惹かれ、同年末に引っ越して、バランキーリャの新聞社《エル・エラルド》に職を得る。この頃も大変な貧乏暮らしで、定宿は売春婦が利用する安ホテル、持ち合わせのない時は書きかけの原稿をドアマンに質草代わりに預けたり、時には新聞社で印刷用紙にくるまって寝たりしたとのちに語っている。売春婦とも親しくなり、中には衣服を洗濯してくれる者まで現れたそうで、このあたりは誰からも愛されるガルシア＝マルケスらしいエピソードである。

バランキーリャでは毎晩のように友人たちと雑談し、彼らを通じてヴァージニア・ウルフ、ヘミングウェイ、ジョン・ドス・パソスといったアメリカ、イギリスをはじめ、ヨーロッパの作家たちの作品を知った。貪欲に読み漁った中でももっとも大きな影響を受けたのはウィリアム・フォークナーだった。当時のガルシア＝マルケスはジャーナリストと作家の二足の草鞋を履いていた。ジャーナリストとしてはそこそこ認められはじめていたものの、作家としては駆け出しで、作品を書いては出版社に送っていたが、はかばかしい返事はなかった。

一九五一年、以前ガルシア＝マルケス一家が住んでいたスクレの町で殺人事件があり、家族と親しくしていた人も事件に巻き込まれた。彼はこの事件を記事にしようと取材するが、母親から知り合いが大勢関わっているので書かないようにと言われ、結局記事にはしなかった。事件から三十年経った一九八一年に発表された『予告された殺人の記録』（野谷文昭訳、新潮社）は、その時の取材をもとに書かれた小説である。

一九五四年、情勢が少し落ち着いたのでボゴタに戻り、リベラルな日刊紙《エル・エスペクタドール》で記者として働くようになる。その年の七月中旬、ボゴタの北西に位置するメデジンで大規模な地滑りが発生、大勢の犠牲者が出た。急ぎ取材するよう命じられた彼は、取るものもとりあえず現地へすっ飛んでいく。ところが着いてみると住民のほとんどが逃げ出したあとで情報が取れず、すでに到着していた他社の記者たちは取材を終え引きあげていくところだった。まだ若かった彼は途方に暮れ、絶望感に襲われていっそ記者などやめてしまおうかとまで思い詰めて帰りのタクシーに乗ったところ、運転手に被災地から逃げ出した住民が避難している地区を教えられた。大急ぎで教えられた場所に駆けつけ被災者の話に耳を傾けて、重要な情報を聞き出すことができた。その時はじめて、何も知らずに死に向かって突き進んでいった多くの人たちの一人ひとりに焦点を当ててみてはどうか、これはまだどのジャーナリストも見出していない視点だと思い当たった。また、このたびのように多数の犠牲者を出した災害の真相を突き止めることこそがジャーナリストの責務だ、との意識に目覚めた。そして調査を進めるうち、この地滑りは単なる自然災害ではなく、すでに六十年前から危険だと言われていた状態を放置してきた行政の怠慢、腐敗、それに手抜き工事に原因があることを突き止めた。加えて今回の災害に際しては、知らせを聞いた別の地区の住人たちが救助に駆けつけ、それが二次災害を引き起こす要因になり、さらに多くの犠牲者を出したのだと判明した。そうした取材をもとに彼が書いた記事は、単に数字を並べて被害の大きさを伝えるだけの無味乾燥なものではなく、ドラマティックな事件の経緯を書き込んで、いかにも語り部ガルシア＝マルケスならではの記事となり、大きな話題を呼んだ。

その後もいろいろなスクープをとったが、彼の名を一躍有名にしたのはある海難事故だった。コロンビア海軍所属の駆逐艦カルダス号が、アメリカ合衆国の港で修理を終えての帰途、事故に遭って八人の乗組員が海に投げ出された。全員消息不明、死亡したものとみなされたが、ひとりだけ救命ボートに乗って水も食料もない状態で十日間海上をさまよい、奇跡的に救出された。ベラスコというその乗組員は一躍時の人になってもてはやされたので、上司はガルシア＝マルケスに彼のインタビュー記事を書くよう命じる。当初はあまり気乗りせず、しぶしぶ市内のカフェでベラスコに会って話を聞くと、思いのほか記憶力がよく、細かなことまで実によく覚えていたので、俄然取材意欲が湧いた。ツボを押さえて話を聞き出すガルシア＝マルケスの巧みな話術に乗せられてベラスコは遭難の様子を詳細に語り、それが評判になって一回四時間に及ぶインタビューを十四回行った記事には大反響があった。《エル・エスペクタドール》紙はほどなく記事をまとめ、《コロンビアの新聞紙史上最大の発行部数》と銘打って特別増刊号を発行した。このインタビューによって、嵐に巻き込まれたためと思われていた事故の原因が、実は規定通りの安全措置をとらずに密輸品を乱雑に駆逐艦に積み込んだせいだと判明した。後の一九七〇年にこれらの記事を一冊の本にして、『ある遭難者の物語』（堀内研二訳、水声社）のタイトルで出版、以後二十五年間で一千万部を売り上げる大ベストセラーになる。ただ、内容が内容だけに新聞社は当時の軍事政権に目をつけられ、ガルシア＝マルケスは好ましからざる人物とみなされるようになった。

＊　＊　＊

この頃のガルシア＝マルケスはルポルタージュを書くための取材に追われ気の休まる間が

なかった上に、なまじ人気ジャーナリストになったせいで読者の期待に応えなければ、との思いがストレスになって精神的にも肉体的にも疲労困憊していた。そんな折、第二次世界大戦終結十年を機に、米英仏ソの指導者がジュネーヴに集まり四巨頭会議を開くことになった。その会議の取材に行ってもらいたいと言われた彼は即座に引き受け、そんなに長く滞在するつもりはなかったが、いろいろな事情から結果的に二年間ヨーロッパに滞在することになった。一九五五年七月、彼はパリに着いた翌日にジュネーヴに向かい、四巨頭会議の取材を終えると、記事を本国に送った。そのあと九月に開催されるヴェネツィア映画祭の取材をしようと考えて、ひとまずローマに出る。実はかねてからローマへ行ったら、偉大な脚本家チェーザレ・ザバッティーニが主な活動拠点にしている映画都市チネチッタ（ローマ近郊の映画撮影所）をぜひ訪れてみたいと思っていた。映画祭のあと、キャロル・リードが監督した映画『第三の男』で一躍ラテンアメリカでも有名になった町ウィーンを訪れてみたいと思い列車で向かうが、そのウィーンでたまたまコロンビア出身の女占い師に出会い、彼女から一刻も早くこの町を離れなさい、さもないととんでもない不幸に見舞われますよと言われ、占いを信じ易い彼はあわててオーストリアを飛び出し、かねてから社会主義国の実情を知りたいと思っていたので、そのままチェコスロヴァキアとポーランドに向かった。この時の足取りは、本人がほとんど語っていないので確かなことは分からないが、この訳書の、一九五七年に訪れた両国に関する記事の中でそれと分からない形で触れられている。一九五五年十月にローマに戻り、チネチッタの映画学校で監督コースを受講するが、学びたいと思っていたシナリオのコースがなかったので、二カ月ほど滞在して同年の年末にパリに向かった。パリではコロンビア時代からの友人で、わけがあってこちらに来ていたプリニオ・アプレーヨ＝メンドーサと連絡を取り、旧交を温める。のちに二人は対談を行い、この時代の思い出をはじめコロンビアやラテンアメリカにまつわるさまざまなことを語り合ったのが一冊の本にまとめられて『グアバの香り』（拙訳、岩波書店）と題して出版されている。この年にはまた、処女作の『落葉《おちば》』（高見英一訳、新潮社）がコロンビアで出版されたが反響らしい反響はなく、印税も事情があり支払われなかった。

翌年の一月はじめ、二人がパリのカフェで《ル・モンド》紙を読んでいると、祖国コロンビアの独裁者ローハス・ピニーリャ大統領が言論弾圧を強化し、反政府的な新聞、雑誌を閉鎖しはじめ、その波が《エル・エスペクタドール》にも及んで閉鎖されることになったという記事が出ていた。それを読んだメンドーサは、これで本国の新聞社からの送金が途絶えるのではないかと心配するが、ガルシア＝マルケスは気にしていない振りをしていた。しかし、実際はメンドーサの読み通りで、たちまち苦しい生活がはじまる。ただ、幸いなことに六週間後に《エル・インデペンディエンテ》紙が《エル・エスペクタドール》紙を直接引き継ぐ形で刊行されたので、ガルシア＝マルケスは胸を撫で下ろした。

彼が、舞台俳優を目指してパリにやってきたスペイン人女性のタチアと出会ったのはこの頃である。彼にはメルセーデスという、のちに結婚することになる女性が祖国にいたが、タチアと親しくなって同棲をはじめる。しかし、そうしているうちに《エル・インデペンディエンテ》紙までが閉鎖の憂き目にあい、本国からの給料の送金が途絶える。しばらくすると、会社から帰りの飛行機のチケットが送られてくる。それを受け取ったガルシア＝マルケスは帰国したものかどうか迷うが、結局チケットを売って生活費にし、そのままパリにとどまった。つまり、自らの退路を断ったのだ。しかしやがて経済的にやっていけなくなり、加えてタチアとの関係も破綻して悲劇的な形で別れを告げることになる。ひとり残された彼は、コロンビアにいる友人たちが善意でひそかに送ってくれる金、さらにはパリにいる友人、知人の助けもあってその後十八カ月間窮乏生活に耐えながらヨーロッパで暮らすことになる。この苦難の時代にあっても彼は小説を書き続けていた。しかし、二作目の『悪い時』(高見英一訳、新潮社)の執筆は遅々として進まず、そこから派生した物語『大佐に手紙は来ない』(内田吉彦訳、集英社)を書きはじめたものの、こちらも思いのほか手間取り、何をしてもうまくいかなかった。

そうした中、コロンビアからベネズエラに移り住んだ家族のもとにしばらく帰っていたメンドーサが一九五七年六月にパリに戻ってきた。たまたまメンドーサがルノーの中古車を手に入れて、この車でどこかへ行こうという話が持ち上がった。彼らにメンドーサの妹ソレダッドの三人で東ドイツを訪れることにした。その時の体験にもとづくルポルタージュが本書に収められた最初の三篇である。当時の東ドイツを振り返ってみると、その数年前から混乱が続いていた一九五三年、経済政策の失敗や農民の鬱積した不満が誘因になって反乱が起き、ソ連の戦車隊に鎮圧されるという悲劇的な事件にまで発展した。それまでも東ドイツ国民が西側へ次々亡命していたが、この事件を機にさらに拍車がかかり、外国への国民流出に歯止めがきかなくなった。統計によると、敗戦時から六一年にベルリンの壁ができるまでの間に人口千八百万人のうち三百四十万人、つまり国民の二割近くが西側に逃れている（NHKスペシャル『社会主義の20世紀』第1巻、永井清彦、南塚信吾、NHK取材班、日本放送出版協会）。そのため経済活動はもちろん、農業にも深刻な影響が出はじめた。また、三人が訪れる前年の一九五六年、フルシチョフが党大会でスターリン批判を行い、スターリニズムを信奉してきた周辺の共産主義諸国の指導層に衝撃が走った。ついで、ハンガリーでは共産党主導型の政治に対する不満がつのり、反ソ改革要求運動が起こり、それを引き金にブダペストで市街戦がはじまった。市街戦は二週間余り続いて、ついにソ連軍の戦車隊に反ソ派が徹底的につぶされる事件があった。

どうやら共産圏の東ヨーロッパ諸国が大きく動揺しているらしいと感じ取った三人は、メンドーサの車で東西ベルリンと亡命中のルイス・ビリャール＝ボルダがいるライプツィヒを訪れて、自らの目で実情を確かめてみようということになった。ビリャール＝ボルダは、このルポルタージュではチリ人の亡命者セルヒオとなっている。彼はコロンビア人で、独裁者ピニーリャ率いる軍事政権に追われて東ドイツに亡命し、当時は学生の身分を得て大学で学んでいた。のちにコロンビアに帰国、政治家、外交官として数々の要職を歴任することになる。またメンドーサと妹のソレダッドは、それぞれイタリア人のフランコ、インドシナ出身のフランス人ジャクリーヌとなっていて、三人の実名を明かさなかったのはガルシア＝マルケスらしい政治的配慮によるものだろう。

ハンガリー動乱の報は東ドイツにも伝わっていたが、四年前の反乱でソ連の戦車に蹂躙され、多くの犠牲者を出した記憶が色濃く残っていたため、国民は声をひそめていた。その様子は、最初のルポルタージュの末尾で、国営レストランでの朝食後、タバコを車に置き忘れたと気づいたフランコが、タバコを吸いたいと身振りで伝えると、それまで暗い顔で黙々と食事をしていた東ドイツの人たちが「手に手にマッチ箱やバラのままの、あるいはまだ封を切っていない箱に入ったタバコを持ってわっと押し寄せてきた」エピソードからもよく伝わってくる。彼らは純朴で人がいいのだが、異邦人にうかつなことを言ったりすれば、どんな罪に問われるか知れない不安と恐怖の中に生きていたのだ。ベルリンに向かって走りはじめた車の後部座席でジャクリーヌはぽつりと「かわいそうな人たちね」と言う。こうした一連のエピソードを通して、一般国民の生活実態が浮かびあがってくる。

三人はパリからフランクフルトを経由して西ベルリンに着き、東ベルリンに入る。当時はまだベルリンの壁は築かれておらず、「支離滅裂なベルリン」と題されたルポルタージュに書かれているように東西のベルリンの通行はかなり自由だった。このルポルタージュでは、壁が建設される前の東西ベルリンのありさまが鮮やかに描かれている。国民の西側への流出に歯止めがきかず、業を煮やした東ドイツ政府が悪名高い壁を建設するのは一九六一年である。大戦後、アメリカ合衆国はヨーロッパ復興のためマーシャル・プランによって百二十億ドル以上の援助金を拠出し、一部が西ベルリンに投下された結果、ガルシア＝マルケスがここに描いているような建築ブームがはじまり、近代的な商業施設やきらびやかなビルが無計画に次々建設されていった。しかし、そこは中心を欠いた無菌都市であり、「資本主義の宣伝のため作られた巨大な広告代理店」のごとき町に生まれ変わりつつあった。

一方、先に触れたように東ベルリンでは労働者の反乱による大規模なストライキ、デモが行われ、それをソ連の戦車が鎮圧し、多くの犠牲者が出た。以後も東ドイツ国内は混乱し、経済、農業の停滞が続き、復興どころではなく、戦後十年以上経っても市街地には生々しい砲撃の跡が残り、大半の人はトイレもなければ水道も通っていない場所でひしめき合うようにして暮らしていた。ガルシア＝マルケスは東西の対照的な都市とそこに生きる人々を観察し、冷静、客観的に描き出している。ここでも、ジャクリーヌ（ソレダッド）の口を通して東ドイツの実態が、「ほんとにぞっとするような国ね」という言葉に集約されて語られている。

そのあと三人はライプツィヒに向かい、セルヒオ（ビリャール＝ボルダ）が合流する。夜、彼らはナイトクラブに足を向け、そこで目にした住民のすさんだ暮らしぶりを物語るエピソードが綴られる。また、その店でこの町に住むヘルマン・ウォルフ夫妻と出会い、話が弾んで家に招かれ、妻が管理人をしている独身寮の女子大生とも話をし、ライプツィヒで暮らすかつてのブルジョワたちの現状や若者の西側世界へのあこがれなどが語られるのと並行して、選挙の実態や新聞・ラジオといった報道機関への厳しい統制ぶり、秘密警察が住民に与える恐怖にさりげなく触れている。

それから彼らはいったんパリに戻り、ジャクリーヌ（ソレダッド）がスペインへ行ってしまったあと、残された二人はこの先何をすべきかを思案していた。そんな折、モスクワで二週間にわたるフェスティバルが開催されると耳にした。以前ソ連に入国しようと何度かビザの申請をしたが、一介のジャーナリストでは認められるはずもなく、ことごとく蹴られた。今回は運良く、ある友人の妹が民族音楽のエキスパートとして、民族音楽のグループを率いてフェスティバルに参加するというので、彼らもその一団にうまくもぐりこむことができた。ただ、お仕着せのフェスティバルを見たところで実態は分からないだろうから、この機会を利用して周辺諸国も訪れてみようと、フェスティバルの期間中にチェコスロヴァキアとポーランドを訪れた時のルポルタージュが「チェコの女性にとってナイロンの靴下は宝石である」、「プラハの人たちは資本主義国と同じ反応を示す」と「沸騰するポーランドを注視して」である。続く四篇のルポルタージュはソ連についてで、最後のハンガリーでの見聞記は西側視察団の一員として招待された際の体験を書いたものである。

チェコスロヴァキアは当時の東欧諸国にあって、スターリン主義を遵奉しつつも重工業中心の経済政策が成功を収め、社会主義国の優等生と言われるほど景気がよく、国民の自由もかなり保障されていた。列車の中で出会った父娘のエピソードをはじめ、こまやかな記述からは国民がのびのび暮らしている姿が感じ取れる。ただ、ルポルタージュの最後に出てくるストッキングのエピソードからこの国でもまだ西側並みの日用品がなかなか手に入らなかったと知れる。ほぼ十年後に「プラハの春」民主化運動がソ連に圧殺される前のこの頃は、チェコスロヴァキアにとってもっともよき時代のひとつを迎えていたと言っていいだろう。チェコスロヴァキアからポーランドへ向かう列車内のエピソードなどから、ポーランド人の気難しい性格が読み取れるが、ワルシャワで中世の町を昔の姿のままでよみがえらせようとするひたむきな努力を見ると、誇り高く、頑固で粘り強い性格が伝わってくる。もうひとつ忘れてならないのは、ポーランド国民の九十パーセント以上がカトリック教徒であり、また個人農が多いという事実である。「共産国においては通常、社会における組織的な活動がすべて共産党によってコントロールされている。ソ連におけるロシア正教会、他の東欧諸国における教会も例外ではない。ところがポーランドではカトリック教会が単に政権から独立しているばかりではなく、自らの権威によって政権を支える役割も果たしているのである。また個人農が存在するということは、国民経済のなかに共産党によってコントロールされない部分が存在するということである。これは他の共産国に例を見ない現象であった」（ＮＨＫスペシャル『社会主義の20世紀』第3巻、伊東孝之、南塚信吾、ＮＨＫ取材班、アレクサンデル・ドゥプチェク、日本放送出版協会）。

ガルシア＝マルケスが訪れる以前からポーランドの政治は混乱していた。その要因は前述した通りスターリンの死とフルシチョフのスターリン批判である。そのため国の指導者でスターリニズムの信奉者だったビエルトはショックのあまり急死し、オハプが指導者の座に就いた。以前から守旧派と改革派間に激しい対立があり、国民に人気のあったゴムウカは政界を追われていた。そんな中、労働者の賃金遅配が原因でポズナン暴動が起こり、改革派が勢力を得てゴムウカの復権を要求するようになった。ソ連との関係は依然微妙なままではあったが、ゴムウカが新たに第一書記に選出され、彼の指導の下ポーランドは新たな第一歩を踏み出す。とりわけ注目すべきは、カトリック教徒が圧倒的に多いこの国の宗教的指導者で、拘束されていたヴィシンスキ枢機卿はじめ多くの聖職者の釈放で、ポーランドは次なる道を歩みはじめた時期であった。

もう一点、ポーランドをめぐるこのルポルタージュで印象深いのは、アウシュヴィッツ強制収容所の訪問である。犠牲になった人たちの痛切無惨な記述を通して、われわれは人間の持つ獣性を否応なく目にすることになる。このルポルタージュを読みながら、ぼくは何度となく開高健の『過去と未来の国々』を思い出し、人間の愚かしさ、残虐さに言いようのない憤りと悲しみを覚えた。

モスクワで開催されるフェスティバルに参加するため、ガルシア＝マルケスとメンドーサにコロンビア人の友人が加わった三人はベルリン発モスクワ行きの列車で出発し、広大無辺という形容が誇張とは思えないほど広漠としたウクライナ地方に入る。かつて騎馬民族や遊牧民が駆け回っていた大地を進む中、あちこちの町で大歓迎を受けるのだが、住民のほとんどは外国人を見たことがなく、まさに稀人の〈客人《まろうど》〉であった。現地の人たちは精いっぱいの贈り物で彼らをもてなそうとし、中には高価な自転車や帝政時代の貨幣を差し出すものもいた。わけても、ある田舎の村で老婆が櫛のかけらをもってきて贈り物にした件りは、いじらしくも切ないエピソードとして心に残る。また、列車内で出会ったモスクワに帰るスペイン人の話から、スペイン内戦で孤児になった三万人以上がソ連に庇護されて暮らしているのは、あまり知られていない事実である。

一行はついに「世界でもっとも大きい村」モスクワに到着する。ウクライナがその広大さで人を圧倒するのに対し、「人間の間尺に合わせて作られていない」モスクワは、何もかもが巨大すぎて、訪れた者を戸惑わせ、困惑させる。さらに、モスクワ市民にあれこれ質問をぶつけてみても、型通りの返事しか返ってこなかったし、彼らが訪れる前年にフルシチョフのスターリン批判があったとはいえ、人々はフルシチョフの言をなぞったようなことしか口にしなかった。当時としては無理からぬ所為だっただろう。そのほか、モスクワでの犬にまつわる話や航空科学者トゥーポレフ、《プラウダ》の記者たちとの対話などを通じて、ソ連の現状に遠回しに触れ、自由主義社会との違いを暗示している。

次いで、スターリンの霊廟を訪れるまでのエピソードになるが、町の人たちにスターリンについて尋ねても誰もがあいまいな返事しかしなかった中、通訳を買って出てくれた六十代の女性だけが、歯に衣を着せずにはっきりと自分の考えを述べるのが印象的である。また、ユーラシア大陸の北辺に果てしなく広がる国土に数え切れないほど多くの民族が住む国に君臨したスターリンの国家体制を、ガルシア＝マルケスはカフカの小説に描かれた世界とまったく同じだと評している。すべてに目を光らせ、広大な国家を支配しているというのに、国民にはその姿が見えないこの人物はカフカ的であると同時に、ジョージ・オーウェルの小説『一九八四年』に登場する支配者ばかりか、後の彼自身の小説『族長の秋』の主人公をも彷彿させる。スターリンの死後第一書記に選ばれたフルシチョフにまつわる人間的な温かみの感じ取れるエピソードからは、政治そのものの在り方が大きく変わりつつあることを予感させる。

赤の広場にある霊廟に入ろうとするがうまくいかず、さんざん苦労した末にようやく入ることができた。そこで保存処理されたレーニンとスターリンの遺体（スターリンの遺体は、その後一九六一年に霊廟から撤去される）を見た時の印象をルポルタージュ風に冷静、客観的に描いている。それに続いて、大きく変貌しつつあるソ連邦に言及しているが、興味深いのは若い世代のものの見方、考え方が西側向きになろうとしていることで、この時点で彼は、ソビエト社会に変化の兆しがはっきり現れていることを鋭く見抜いていた。

「《私はハンガリーを訪れた》」では、混迷の最中にあったハンガリーの様子が語られている。ポーランドのポズナン暴動と連動して、ハンガリーの民衆はソ連軍の首都撤退、複数政党制による自由選挙、言論の自由、経済に対する共産党支配の撤廃などを求めて反体制デモを起こす。デモが全国規模に膨れ上がったためにハンガリー政府はソ連に援助を求め、首都ブダペストに入ってきたソ連軍は戦車と一万人にのぼる兵士を動員していた。ハンガリー共産党は民衆の力に押され、かつて党から追放した改革派のナジ・イムレを首相に据え、彼が提示した要求をソ連がのんだので事態は収まるかに思われたが、市民とハンガリーの軍隊は納得せず、ナジ・イムレにソ連からの完全独立と一党独裁体制の変革を要求して首都の共産党本部を襲撃した。彼は民衆の声に応えようと、その要求をソ連に提示するが、ソ連は対抗措置として一九五六年十一月四日早朝、十五万人の兵士と二千五百台の戦車を動員、ハンガリー各地に攻撃を加え、反体制派を叩き潰して国土を焦土と化し、その日のうちにナジ・イムレと閣僚たちはソ連軍に連行されてしまう。そして粛清の嵐が吹き荒れた。

ガルシア＝マルケスは、ソビエト軍の侵攻から一年たらずの時期に西側視察団の一員としてハンガリーを訪れたわけだ。ソビエト軍がハンガリーの暴動を鎮圧したあと、ヤーノシュ・カーダールが元首の座に就いた。この時、つまり一九五七年の時点でハンガリーは十カ月間封鎖状態にあり、ガルシア＝マルケスによれば、この国に足を踏み入れた外国の視察団は彼らがはじめてだった。視察は二週間の予定で、その間当局は視察団を徹底的に監視し、自由行動を一切許さず、ハンガリー民衆と話す機会を持てないようにした。「われわれが現状についての具体的な情報を得られないよう精一杯邪魔を」したとガルシア＝マルケスは書いている。五日目の昼食のあと護衛の目を盗んで市内に潜入したのは、一九五六年の暴動鎮圧に関する西側の報道を疑わしく思っていたからで、自分の目で実情を確かめたかったのだ。そして市内の荒廃ぶりやハンガリー人から聞き取った話から推測して、公式発表よりもはるかに多くの犠牲者が出たにちがいないと考えるようになる。

同行記者のモーリス・マイヤーのおかげで、当局は外国人視察団にもっと丁寧に対応すべきだと考えて、ブダペスト郊外のウーイペシュトで憲法記念日の祝賀集会に出席している閣僚評議会議長カーダールと面談できるよう手配した。カーダール議長はどこにでもいる朴訥で生真面目な労働者といった感じの人物で、大きな野望など持ち合わせておらず、国内の民族主義的な極右の意見に耳を傾けるべきか、自分が信奉する共産主義のためにソビエトの占領をこのまま容認すべきかで悩んでいた。

しかし政治的手腕となると大した期待は持てず、大国ソ連の言いなりになる以外に何もできなかった。そんなカーダールに国民が抱いている痛烈な批判がこめられた感情を伝えようと、ガルシア＝マルケスは酒場のトイレの落書きを紹介している。

九月はじめにブダペストからパリに戻ったガルシア＝マルケスは、ベネズエラの首都カラカスの家族の下に帰ろうとしていたメンドーサに電話をかけ、ハンガリーで経験したことについてできるだけ好意的な記事を書こうとしたのだが、どうしてもうまくいかず、結局「われわれがこれまで目にしてきたことはすべて、ハンガリーに比べれば取るに足らないことなんだ」と大声でわめきたてる羽目になった。

＊
＊
＊

東西ドイツからはじまった一連の旅を終えパリに戻った時のガルシア＝マルケスは無一物で、寝泊まりするところもなかった。ポケットに残っていたのは公衆電話をかけるための代用貨幣《トークン》一枚だけで、ある友人に電話をして窮状を訴えた。友人は自分が借りている女中部屋にガルシア＝マルケスを連れて行き、そこで暮らすよう勧めた。パリに戻った直後の一九五七年九月末から十月にかけて、彼はこの部屋で一連のルポルタージュを書き上げ、それをベネズエラにいるメンドーサのもとに送った。ただ、創刊間もないベネズエラの雑誌《モメント》に掲載されたのはソビエト連邦とハンガリーに関するものだけだった。一方でガルシア＝マルケスは、ジャーナリストとして自分の師匠にあたる《エル・インデペンディエンテ》紙の副編集長エドゥアルド・サラメア＝ボルダにも送ったが、なぜか彼は受け取った原稿をファイリング・キャビネットに放り込んだままにしておいた。

ほどなくガルシア＝マルケスは次に述べるようにベネズエラで仕事に就くが、一九五九年、コロンビアに一時帰国した彼はキャビネットに入れられたままだった原稿を見つけ、コロンビアの雑誌《クロモス》に掲載してもらう。同年、それらはまとめて『鉄のカーテンの裏側での九十日間（社会主義国探訪）』というタイトルで出版された。ここに紹介したルポルタージュは、気鋭ジャーナリストだったガルシア＝マルケスの、あの時代の貴重な証言でもある。

一九五七年末、ヨーロッパにいたガルシア＝マルケスのもとに突然、件の《モメント》誌からこちらに来て編集の仕事をしてもらいたいとの依頼が届いた。最初は誰かの悪ふざけだろうと思ったが、ベネズエラにいるメンドーサに問い合わせると、本当の話だとの答えが返ってきたので、年末の押し詰まった時期に新大陸に戻った。翌一九五八年一月二十三日、それまで独裁者として君臨していたベネズエラの大統領ペレス・ヒメーネスが軍のクーデタによって大統領の座から引きずり降ろされ、ドミニカに亡命するという大事件が起こった。国内は混乱し、その余燼がくすぶっている時期に、彼は突然コロンビアに帰国して、かねてから言い交していたメルセーデス・バルチャと結婚する。再びベネズエラで別の雑誌の編集長としてあわただしい毎日を送っているうちに、同年末から翌年にかけてまたしても新大陸全体を大きく揺るがす事件が起こった。キューバ革命である。独裁者バチスタの政権を崩壊させ、フィデル・カストロが革命政府の元首の座に就き新しい国づくりをはじめた。

キューバの新政府は、アメリカ合衆国の報道機関が自国について悪意に満ちたニュースを流すことに業を煮やし、ホルヘ・リカルド・マセッティに国営通信社ラ・プレンサ・ラティーナを創設するよう依頼する。マセッティはさっそく行動を起こし、コロンビアに支局をと考えてまずメンドーサに相談し、ベネズエラにいたガルシア＝マルケスにも声をかけた。ガルシア＝マルケスはただちにコロンビアに帰国し、二人で支局を立ち上げた。翌一九六〇年、マセッティからニューヨークにラ・プレンサ・ラティーナの支局を開設したいので協力してもらいたいと頼まれた。一九六一年、ガルシア＝マルケスは家族とともにニューヨークに引っ越すが、アメリカに逃れたキューバ難民からはさまざまな形で脅迫を受けた。加えてキューバ国内では党派間の抗争が激しくなり、ついにマセッティは辞表を提出する。その余波がニューヨーク支局にまで及び、メンドーサとガルシア＝マルケスも同年五月に支局をあとにする。退職金はもちろん未払いの給与ももらえず、帰りの飛行機代も出なかったので、ガルシア＝マルケスは家族を連れ、どこまでも広がる北米大陸をバスで南下し、やっとの思いでメキシコにたどり着く。メキシコ市でもすぐにジャーナリストとしての仕事を探すが、ようやく見つかったのはスキャンダルと犯罪事件を扱う通俗雑誌と女性誌の編集の仕事だった。席の温まる間もないあわただしい日々にあっても小説の執筆を休みなく続けているうち、一九六二年、書き上げていた小説『悪い時』が出版され、また同年には短篇集『ママ・グランデの葬儀』（桑名一博、安藤哲行訳、国書刊行会）も本になる。すでに出版されていた『落葉』、

『大佐に手紙は来ない』を加えると、小説と短篇集は合わせて四冊になるが、作家としてはほとんど注目されることはなかった。出口の見えないスランプに陥ったのはその頃である。あれほど毎日時間を盗んで小説を執筆してきた彼が、タイプライターの前に座ることがなくなった。二カ月間まったくタイプライターに触れなかった一時期もある。

メキシコの作家カルロス・フエンテスが彼の才能を高く買って、なにかと力になり、励ましてくれたが、それがこの頃の彼を支えたと言ってもいい。しかし、執筆は思うように進まず出口の見えない状況が続いていた。どうしても書けないのなら、思い切って自分の話に耳を傾けてくれる友人や知人を喜ばせ、楽しませるような「お話」を書いてみようと思い立ち書きはじめたのが『百年の孤独』（鼓直訳、新潮社）で、この小説で一躍彼は世界的な作家になった。『百年の孤独』は一九六七年に出版されたとたん、まずラテンアメリカ諸国で大反響を呼び、さらに世界中の読者が原書で、次いで翻訳を通して彼の作品世界に魅了された。以後、ガルシア＝マルケスは七五年『族長の秋』（鼓直訳、集英社）、八五年『コレラの時代の愛』（拙訳、新潮社）、八九年『迷宮の将軍』（拙訳、新潮社）、九四年『愛その他の悪霊について』（旦敬介訳、新潮社）、二〇〇四年『わが悲しき娼婦たちの思い出』（拙訳、新潮社）などの小説を発表し、その間の一九八二年にはノーベル文学賞に輝いている。

彼はおそらく大土地所有者・ブルジョワジー・教会の三者が結びついた、植民地時代から続くラテンアメリカ諸国の骨がらみの体質が、強圧的な独裁制を生み出す根源にあると考えていて、それを根本から変えない限り富と権力は少数の手に握られ、国民はいつまでたっても貧困から抜け出せないと考えていた。そうした体質をどこかで変革したいとの願いがつねにあって、小説家として成功してからもジャーナリズムの世界と深くかかわり、社会の不平等、搾取、貧困などの問題を解決すべく力を尽くしたいと思っていた。そのため自ら多額の金を投げだして週刊誌を発行したり、コロンビアにジャーナリズムの学校を作り世界的に著名なジャーナリストを招聘して講義をしてもらったりした。その意味で彼は、現代を代表する世界的な小説家でありつつ、ジャーナリストとしての使命をも最後まで決して忘れなかった稀有な人である。

そのガブリエル・ガルシア＝マルケスは二〇一四年、第二の祖国とも言えるメキシコで八十七年の生涯を閉じた。

＊　＊　＊

本書を訳してみようと思ったのは、新潮社出版部の冨澤祥郎氏からこのような本がスペイン語圏で改めて出るとのことですが、一度目を通していただけませんかと依頼されたのがきっかけだった。それまでガルシア＝マルケスのジャーナリズム関係のものはほとんど読んだ例しがなかったので、最初は恐る恐る読みはじめたのだが、読み進むうちに面白くなりはじめ、やってみましょうかということになった。時代的には一九五〇年代末の東欧、ソ連探訪記なので、少し古すぎるかなと思ったが、いざ読んでみると、鋭い観察力と巧みにエピソードを交えた独自の語り口に魅了されてしまった。それに、ジャーナリストとしてのガルシア＝マルケスの真摯な姿勢にも心を惹かれた。こうして訳し終えてみて、やはりやってよかったと自分では思っている。翻訳するにあたっては時代的、政治的、思想的な背景がなかなかとらえにくくて苦労したが、以下の本には本当にお世話になった。

NHKスペシャル『社会主義の20世紀』全6巻、日本放送出版協会
伊東孝之著『ポーランド現代史』山川出版社
矢田俊隆著『ハンガリー・チェコスロヴァキア現代史』山川出版社
Gerald Martin: *Gabriel García Márquez: A Life* (London, Bloomsbury + Publishing, 2008)

なお、本書にはスペイン語風表記のロシア語の単語がいくつか出てくるが、これに関してはかつての同僚で、現在神戸市外国語大学ロシア学科教授の岡本崇男氏にご教授いただいたので、ここでお礼を申し上げておきます。

Obras de García Márquez | 1957

ガルシア＝マルケス「東欧《とうおう》」を行《い》く

著　者　ガブリエル・ガルシア＝マルケス
訳　者　木村《きむら》榮一《えいいち》

発　行　2018年10月30日

発行者　佐藤隆信
発行所　株式会社新潮社
郵便番号162-8711　東京都新宿区矢来町71
電話　編集部　03-3266-5411
読者係　03-3266-5111
http://www.shinchosha.co.jp
印刷所　錦明印刷株式会社
製本所　大口製本印刷株式会社

乱丁・落丁本は、ご面倒ですが小社読者係宛お送り下さい。
送料小社負担にてお取替えいたします。
価格はカバーに表示してあります。
 ISBN 978-4-10-509020-3 C0097

1947-1955

落《おち》葉《ば》 他12篇

〈ガルシア＝マルケス全小説〉

ガブリエル・ガルシア＝マルケス
高見英一 他訳

落葉《やつら》の喧騒が吹き荒れた後、この町には「死」が一つ、重く虚しく残された。生の明滅を見つめ、物語の可能性を探り、蜃気楼の町マコンド創造に至る、若き日の作品群。

1958-1962

悪い時 他9篇

〈ガルシア＝マルケス全小説〉

ガブリエル・ガルシア＝マルケス
高見英一 他訳

町の平安は、もろくも揺らいだ。誰の仕業とも知れぬ貼紙《ビラ》が書きたてる周知の醜聞《うわさ》に……。疑惑と憎悪、権力と暴力、死と愛の虚実の間《あわい》に、まざまざと物語る人世の裸形。

1967

百年の孤独

〈ガルシア＝マルケス全小説〉

ガブリエル・ガルシア＝マルケス
鼓直 訳

愛は誰を救えるのか？ 蜃気楼の村の開拓者一族に受け継がれ、苦悩も悦楽も現実も夢幻も呑み尽す、底なしの孤独から……。世界文学を牽引し続ける、人間劇場の奔流。

1968-1975

族長の秋 他6篇

〈ガルシア＝マルケス全小説〉

ガブリエル・ガルシア＝マルケス
鼓直
木村榮一 訳

独裁者の意志は悉《ことごと》く遂行された！ 当の独裁者を置去りにして。純真無垢な娼婦が、正直者のぺてん師が、人好きのする死体が、運命の廻り舞台で演じる人生のあや模様。

1976-1992

予告された殺人の記録／十二の遍歴の物語

〈ガルシア＝マルケス全小説〉

ガブリエル・ガルシア＝マルケス
野谷文昭
旦敬介 訳

そして男は最後に気づいた。おれは殺されたのだ——運命の全貌に挑んだ熟成の中篇。人生という奇蹟の閃光を、異郷に置かれた人間の心に映し出す、鮮烈な十二の短篇。

1985

コレラの時代の愛

〈ガルシア＝マルケス全小説〉

ガブリエル・ガルシア＝マルケス
木村榮一 訳

51年9ヵ月と4日、男は女を待ち続けた……。舞台はコロンビア、内戦が疫病のように猖獗した時代。愛が愛であることの限界に挑んで、かくも細緻、かくも壮大な物語。

1989
迷宮の将軍
〈ガルシア＝マルケス全小説〉
ガブリエル・ガルシア＝マルケス
木村榮一訳

南米新大陸の諸国を独立へと導いた英雄、シモン・ボリーバル。解放者と称えられた将軍が最後に踏み入った、失意の迷宮。栄光――その偉大なる陰画を巨細に描き切る。

1994
愛その他の悪霊について
〈ガルシア＝マルケス全小説〉
ガブリエル・ガルシア＝マルケス
旦敬介訳

狂犬に咬まれた侯爵の一人娘に、悪魔憑きの徴候が。悪魔祓いの命を受けながら、熱く娘と惹かれ合う青年神父。ひたむきな愛の純情。やはりそれは悪霊の所業なのか？

2004
わが悲しき娼婦たちの思い出
〈ガルシア＝マルケス全小説〉
ガブリエル・ガルシア＝マルケス
木村榮一訳

90歳を迎える記念すべき一夜を、処女と淫らに過したい！　作者77歳にして川端の『眠れる美女』に想を得た、悲しくも心温まる、波乱の恋の物語。今世紀の小説第一作。

生きて、語り伝える
ガブリエル・ガルシア＝マルケス
旦敬介訳

何を記憶し、どのように語るか。それこそが人生だ――。作家の魂に驚嘆の作品群を胚胎させた人々と出来事の記憶を、老境に到ってさらに瑞々しく、縦横に語る自伝。

ぼくはスピーチをするために来たのではありません
ガブリエル・ガルシア＝マルケス
木村榮一訳

伝えに来たのです。伝えなければならないことだけを――。スピーチ嫌いで知られる作家の全講演。宿命的なその人生模様と、思想上の確固たる信念をもにじませる22篇。

謎ときガルシア＝マルケス
木村榮一

現実と幻想が渾然と溶け合う官能的で妖しい世界――果して彼は南米の生んだ稀代の語り部か、壮大なほら吹きか？　名翻訳者が解き明かす世界的文豪の素顔。

《新潮選書》